STOP

BÊTES & GENS

FABLES &. CONTES

HUMORISTIQUES

A LA PLUME ET AU CRAYON

PARIS

E. PLON et Cⁱᵉ, IMPRIMEURS-ÉDITEURS

RUE GARANCIÈRE, 10

—

1880

BÊTES & GENS

Ce volume a été déposé au ministère de l'intérieur (section de la librairie) en novembre 1876.

PARIS. TYPOGRAPHIE DE E. PLON ET Cⁱᵉ, RUE GARANCIÈRE, 8.

STOP

BÊTES & GENS

FABLES & CONTES

HUMORISTIQUES

A PLUME ET AU CRAYON

Deuxième Édition

PARIS

E. PLON et Cⁱᵉ, IMPRIMEURS-ÉDITEURS

RUE GARANCIÈRE, 10

M DCCC LXXVII

Tous droits réservés

PROLOGUE

LA PLUME ET LE CRAYON.

« Mon Dieu, mon Dieu, que je m'ennuie!
— Dit un jour la Plume au Crayon. —
» Toujours dormir sur ce rayon!
» C'est amusant... comme la pluie.

1

» Par quelques comptes innocents
» Ou par quelques lettres d'affaires
» Je me distrais de temps en temps;
» Voilà mes plaisirs ordinaires!
» Pour être juste, à mon acquit

» Ajoutons la correspondance
» De la famille, où se dépense
» Plus de sentiment que d'esprit;
» Et c'est tout! Mais, pour toi, vois quelle différence!

» Du matin au soir, alerte et joyeux,

» Sur un beau papier, ton heureux complice,

» Je te vois créant, suivant ton caprice,

» Un monde animé d'êtres merveilleux.

» Tu ne bannis pas la mélancolie,

» Mais jamais l'ennui ne vient sous tes pas

» Dessécher les fleurs de ta douce vie;

» Un labeur aimé ne fatigue pas! »

Le Crayon n'est pas égoïste

De sa nature; il fut touché

De voir sa voisine si triste :

« Écoute, — lui dit-il, — veux-tu faire un marché?

» Associons nos destinées;

» Nous nous compléterons fort bien

» Par l'échange de nos idées

» Et chacun y mettant du sien.

» Ce qui pourra, sans commentaire,

» Se peindre avec un trait, j'en ferai mon affaire,

» Et toi, plus longuement tu pourras expliquer

» Ce que je ne pourrais... croquer. »

Ce qui fut dit fut fait, et de leur alliance
Ce petit livre a pris naissance.

I

LA POULE ET LES CANETONS.

Dans les herbages verdoyants
D'une ferme de Normandie,
Une maman Poulette, avec des soins touchants,
De petits Canards trébuchants

Menait une troupe étourdie.
Un étang était près : voilà mon bataillon
Qui s'y plonge; et tous, à la file,

De leur petit pied jaune agitant l'eau tranquille,
Y tracent leur léger sillon.
La pauvre Poule au bord était restée;
Elle courait, inquiète, agitée,
Avec des gloussements plaintifs,
Croyant ramener sous son aile
L'essaim babillard et rebelle
De ses élèves fugitifs.

Un jeune Enfant, riant de sa détresse,
  (De quoi ne rit pas la jeunesse!)

Poussait au large les mutins.
Sa mère, s'approchant, lui dit avec tendresse :
« Mon fils, tu grandiras; le hasard des destins
      » Ou les devoirs d'une carrière,
      » T'arrachant aux bras de ta mère,
    » T'entraîneront vers des pays lointains;

» Moi seule, enchaînée au rivage,

» Je suivrai des yeux le sillage

» Qu'aux flots pleins de récifs ta barque aura laissé,

» Tremblante, hélas! au bruit de la tempête,

» Et priant Dieu d'éloigner de ta tête

» L'éclair qui t'aura menacé !

» Pour vous, trop chers ingrats, plus d'une larme coule

» Quand vous quittez le toit où nous restons,

» Et chaque mère est une poule

» Qui voit partir ses canetons. »

A Monsieur Antonin Bouchard, de Beaune.

II

L'ANE ET LE PÈRE D'UN ÉCOLIER.

Ne méprisons pas les petits,
Car souvent, dans leur humble sphère,
Ils valent bien ceux qui se croient sortis
De la cuisse du Dieu qui porte le tonnerre.

2

Un père gourmandait son fils, jeune écolier
    Plein de zèle pour ne rien faire,
Et qui, dans les jardins de l'école primaire,
N'avait pas su cueillir le plus petit laurier.
« Rien ne percera donc l'épaisseur de ton crâne? »

Disait-il; « les écus que tes soins m'ont coûtés
    » Par la fenêtre ont donc été jetés?...
      » Tu ne seras jamais qu'un âne! »

Tandis qu'il maugréait, certain baudet l'entend :

« Monsieur, je ne suis pas, dit-il, très-compétent;

» Mais, de bonne foi, cependant,

» Ne nous jugez-vous pas avec peu de justice?

» Notre nom sert d'injure! ah! la belle malice!

» Qui nous empêcherait, si nous étions méchants,

» D'appeler — Hommes — nos enfants?

» Que nous manque-t-il donc pour avoir votre estime?

» Supportant dignement le sort le plus infime,

» D'une sobriété qui fait honte aux humains,

» Battus, privés de soins, d'étrille, de litière,

» Surmenés, pataugeant dans les mauvais chemins,

» Pendant notre existence entière

» Nous subissons gaîment nos sévères destins.

» On nous voit, sans orgueil ainsi que sans faiblesse,

» Porter, d'un pas égal et d'un cœur détaché,

» Les châtelaines à la messe

» Et les légumes au marché.

» Voit-on pas vos enfants, impitoyable engeance,
» Sur nos reins complaisants chevaucher sans danger?

» En nous les confiant, vous avez l'assurance
    » Que tout sentiment de vengeance
    » A nos âmes est étranger.

» Allez, méprisez-nous, c'est fort bien! mais, en somme,
» Nous vous valons, Monsieur, soit dit en bon français,
» Et peut-être avec peine on trouverait un homme
        » Qui pût être âne avec succès! »

III

L'APOTHICAIRE MALADE.

Certain Apothicaire, un soir,
Fut pris d'une horrible colique;

Il gémissait dans l'arrière-boutique
Où son clerc l'avait fait asseoir.
Un sien voisin, ému de son supplice,
Lui dit, sans aucune malice :
« Indiquez-moi lequel de vos bocaux
» Contient un remède à vos maux ;

» Votre garçon pourra vous en faire un breuvage. »
« Jamais ! » s'écria l'autre ; « au diable l'animal !

» J'ai déjà bien assez de mal,
» Sans m'empoisonner davantage ! »

Il agissait à la façon
D'un de mes amis, dont la rage
Est de pousser les gens au mariage;
Lui, seulement, reste garçon.

IV

LE SANGLIER.

Boire, manger, dormir et ne rien faire,
Tel est l'idéal ordinaire
D'une âme basse, et son plus cher souci;
Mais un cœur haut placé ne saurait, Dieu merci!

Se contenter de ce bonheur vulgaire.

Un chasseur avait pris un jeune marcassin
　　Agé de quinze jours à peine;

Il trouva justement à la ferme prochaine
Une truie, allaitant un turbulent essaim
De dix petits cochons nés de l'autre semaine.
　　La brave bête aussitôt sous son toit
　　Comme un des siens reçut l'enfant des bois,
　　　— Un de plus dans la pacotille. —

Il différait un peu par la couleur,
  Mais, petit cochon par le cœur,
  Il se croyait de la famille.

Tout alla bien d'abord : mais bientôt, grandissant,
  Le marcassin sent poindre sous sa lèvre
    Le bout aigu d'un croc naissant;
  En même temps s'allume dans son sang
    Je ne sais quelle étrange fièvre.
De ses frères de lait abandonnant les jeux,
Il se tient à l'écart, morne et silencieux;

La mare, le fumier, l'auge, tout l'importune;
D'une hure enivrée, aux rayons de la lune,
Il aspire à longs traits les parfums pénétrants
Qu'exhalent jusqu'à lui les bois environnants.

Un jour, dans son coin solitaire
Un de ses jeunes compagnons
L'aborde : « Eh bien, dit-il, cher frère,

» Pourquoi cet air triste et sévère?
» Pourquoi te séparer de nous tous qui t'aimons?
» N'as-tu pas, comme nous, une épaisse litière,
» Abondance d'eau grasse et de pommes de terre?
» N'as-tu pas, pour t'ébattre, un bourbier moelleux?

» Tandis que les chevaux, les ânes et les bœufs

» Sont soumis chaque jour à des travaux sans nombre,

» Ne peux-tu pas dormir et digérer à l'ombre?

» Enfin, que manque-t-il à ta félicité? »

   Le Sanglier répondit d'un air sombre :

      « La liberté! »

      Cet animal n'était pas bête,

   Et son souhait était fort naturel.

Son vœu fut-il rempli? La chronique est muette

Sur ce fait; mais, pour moi, le point essentiel

Ce serait de savoir l'usage personnel

      Qu'il aurait fait de sa conquête.

V

L'HIPPOPOTAME.

Avez-vous vu l'Hippopotame?
Me dit quelqu'un; chacun proclame
Que cet animal curieux
Est, en fait de laideur, ce qu'on a vu de mieux.

Les monstres m'ont toujours attiré : des gravures
M'avaient déjà fait voir les farouches figures
De ces bêtes, levant leur mufle hors de l'eau;
Des végétaux puissants, encadrant le tableau,
S'enlaçaient sur les bords d'un fleuve d'Amérique...
La Folle du logis par delà l'Atlantique
M'emportait... quand j'entrai dans le fameux jardin
Où vivent, immortels, Cuvier et l'ours Martin.

C'était par un beau jour de printemps : les allées
  Couraient parmi les gazons verts;
L'air était embaumé des senteurs exhalées
  Par les arbres de fleurs couverts;

Mille concerts éclataient dans les branches;
  Des papillons aux ailes blanches
Se poursuivaient dans les rayons dorés;
  Les biches, au seuil des cabanes,
  Tournaient leurs beaux yeux diaphanes
Vers les grands cerfs enamourés.

Mais tout cela pour moi n'était rien : ma pensée
Par un objet unique était intéressée;
Plongeant de tous côtés, mes regards curieux
Demandaient aux enclos leur hôte monstrueux.

4

Tout à coup j'entendis de grands éclats de rire,
    Des voix de femmes et d'enfants :
J'approche, croyant voir quelque singe en délire :
    Hélas! c'était, faut-il le dire?
Mon héros, qu'insultait le rire des passants.
Immobile, accroupi dans une pose étrange,
    Je vis l'effroyable animal
    Comme en son temple colossal
    Un Dieu géant des bords du Gange.

C'était bien lui, terrible et grimaçant.
    Son corps arrondi, masse informe,
Supportait une tête à l'aspect repoussant,

Qu'échancrait un rictus énorme
Armé d'un râtelier puissant.
En face se pressait une foule bruyante;
Nourrices et soldats, hautement divertis,
Dans cette gueule incessamment béante
Jetaient mille reliefs aussitôt engloutis.

O honte! c'était là l'enfant des solitudes,
L'hôte indompté des vieux déserts!
C'était lui, déjà fort dans l'art des platitudes,
Vil courtisan des viles multitudes,
Esclave ignoble, installé dans ses fers!
Le voilà mendiant, corrompu, ridicule,
Épouvantable et méprisé,
Un pleutre dans la peau d'Hercule,
Léviathan apprivoisé!

Je m'éloignai, rouge de honte
Et dégoûté du genre humain,
Car l'homme et l'animal, pour peu qu'on les confronte,
Peuvent bien se donner la main.

VI

LE SUISSE ET LA MORT.

Un Suisse rencontra la Mort dans son chemin.
　　Il n'eut pas peur, car son cœur était brave;
　　　　Il la salua d'un air grave,
Et la Mort lui rendit son salut de la main.

« — Jeune homme, où vas-tu? lui dit-elle;

» Essayer quelque arme nouvelle

» Au tir fédéral? » — « Non, répondit-il, je vais

» Sur les bords du Léman, au Congrès de la paix;

» Je veux y proclamer que les peuples sont frères,

» Que la guerre est impie, et qu'il n'importe guères

» Si les princes entre eux ont quelques différends;

» Gardons pour d'autres soins le sang de nos enfants! »

La Mort sourit de son vilain sourire :

« Ton sentiment est beau, dit-elle, et je t'admire!

» Tâche de supprimer la guerre, c'est charmant!

» Mais, grâce à ton pays, je ne crains nullement

» De voir de mes États se dépeupler l'enceinte :

» C'est ici, n'est-ce pas, qu'on cultive l'absinthe? »

VII

LE PÉLICAN BLANC.

« Voilà le grand Pélican blanc
» Qui se perce le flanc
» Pour nourrir ses enfants! » C'est ainsi qu'à tu-tête
Un paillasse, dans une fête,

Signalait au public l'incomparable oiseau
    Représenté sur le tableau.
    Un monsieur, suivi d'un caniche,
Entra dans la baraque en donnant ses deux sous,

    Les chiens, au dire de l'affiche,
  Ne payant pas; or, soit dit entre nous,
    S'il était d'un commun usage
Que les bêtes partout pénétrassent pour rien,

Plus d'un homme aurait l'avantage
D'entrer gratis avec son chien.

Sur une estrade, en son palais de toile
Fort gravement trônait l'oiseau pêcheur;
Quelques gouttes de sang, comme une rouge étoile,
De son cou tachaient la blancheur.

Le Chien, dans la langue des bêtes,
Lui dit, plein d'attendrissement :

5

« Monsieur le Pélican, vous êtes
» Un modèle de dévouement;
» Mais vous mourrez certainement
» Des blessures que vous vous faites. »
— « Ami, lui répondit l'oiseau des bords du Nil,
» Laissez les imbéciles croire
» Tout à leur aise cette histoire;
» Mais vous, dont le nez est subtil,
» Comment n'avez-vous pas deviné la malice?
» Ce sang, qui sur mes plumes glisse,

» Est celui des poissons qu'on vient de me donner
» Tout à l'heure à mon déjeuner. »

Combien aisément le vulgaire
Croit aux plus absurdes récits!
Plus d'un héros est populaire
Pour des mots qu'il n'a jamais dits.

CAMBRONNE.

VIII

LA QUEUE DU LOUP.

Dans son manteau d'hiver la terre sommeillait;
Sous le givre brillant, en girandoles blanches
   Les grands sapins arrondissaient leurs branches
    Que la brise âpre soulevait.

Chassé du bois par la famine,

Tendant au vent son museau noir,

Tirant le pied, courbant l'échine,

Un Loup se demandait : « Souperai-je ce soir ? »

Il marchait tristement, quand s'offrit à sa vue

Certain objet cornu sur le chemin couché ;

C'était, par quelque pâtre en cet endroit perdue,

La peau d'un bouc fraîchement écorché ;

Pour un affamé, maigre aubaine !

Faute de mieux, pourtant, il allait en tâter,

Lorsqu'une invention soudaine

Dans son cerveau vint éclater :

« Comme un certain Jacob dont parle la Genèse,

» Se dit-il, je pourrais, lorsque viendra la nuit,

» Couvert de cette peau, m'introduire sans bruit

» Dans quelque ferme, y souper à mon aise,
» Et, dès le petit jour, m'éclipser — à l'anglaise. »

Aussitôt dit, aussitôt fait :
Le tour était chanceux, mais l'estomac criait.
Voilà donc en bête honnête
Mon scélérat déguisé :
Le soir était venu; c'était un jour de fête;
Plus d'un fermier devait s'être grisé;

Évidemment le Ciel l'avait favorisé.
Il avise une métairie,

S'approche à pas de loup (tout naturellement),

    Et, d'une voix à grand'peine adoucie,

Il se met à bêler assez artistement.

Le berger, qui dormait, se lève, ouvre la porte :

« Que fais-tu là, dehors? Que le diable t'emporte,

    » Bête maudite! » lui dit-il.

    Et d'un coup de pied peu civil

    Faisant honneur à son entrée,

    Il le conduit vers la chambrée

    Où dormait le troupeau bêlant

        Paisiblement.

Le traître enfin touchait à l'heure désirée,

    Et rien qu'à l'odeur du chevreau

Il se pourléchait le museau,
Quand le berger, qui lui faisait cortége,
Vit derrière mon animal
Quelque chose de noir qui traînait dans la neige :
C'était sa queue, oubli fatal !

Cet objet perdit tout! L'autre, gaillard solide,
Se saisit d'une fourche en criant : « C'est le loup! »
Les fermiers d'accourir; chacun donna son coup;
Un mâtin vigoureux acheva le perfide,
Qui rendit à Satan son âme fratricide.

De politique on aura beau changer;
Qu'elle soit rouge, blanche ou bleue,

Pour les partis le vrai danger
C'est leur queue.

IX

LE MERLE ET LE COUCOU.

Un Coucou fort charitable
Rencontra, chemin faisant,
Un Merle, à terre gisant,
Dans un état pitoyable.

Quelque chasseur acharné,
Faute de trouver des grives,

L'avait dans ses œuvres vives
Très-fort contusionné.
Le bon Coucou, touché de sa détresse,
De l'aile et de la voix soutenant sa faiblesse,

L'emmena dans son nid, qui se trouvait prochain;
C'était des bois le bon Samaritain.

Sa chaste épouse était comme lui bienfaisante;
Aussi, leurs soins ingénieux
Rendirent promptement, et contre toute attente,
La force au pauvre malheureux.
Son bienfaiteur était dans l'allégresse.
Or, un jour qu'il était absent,
Le précieux convalescent

Décampa, du logis emmenant la maîtresse,
  Et négligeant de laisser son adresse.

  Un bienfait n'est jamais perdu :
Je voulais le prouver; j'ai rempli mon programme,
Puisque le bon Coucou, vous l'avez entendu,
  Fut débarrassé de sa femme.

X

LE MARMOT RAISONNEUR.

Une maman voulait apprendre à lire
    A son Bébé;
Mais le petit drôle avait regimbé,
Et, quoi qu'elle fît, ne voulait rien dire.

On lui promit, sans qu'il bronchât,
Des bonbons, de la confiture;
Quoiqu'il fût gourmand comme un petit chat,

Il s'en passa, plutôt de mordre à la lecture.
On lui donna le fouet, — toute opposition
S'expose à ce danger, — mon petit Spartiate
  Ne céda pas, et l'histoire constate
Qu'il ne fut pas frappé... dans ses convictions.
    — « Enfin, voyons, lui dit sa mère,
» Dis la première lettre, une, là, seulement! »

— « Ah ! mais non, répondit l'enfant résolûment,

  » Car si je lisais la première,

 » On me ferait apprendre sûrement

  » Le reste jusqu'à la dernière. »

Dans sa paresse il était fort sensé ;

Il faut finir quand on a commencé.

XI

LE HÉRON ET L'ÉTOURNEAU.

Un jour, une troupe d'oiseaux,
Divers de race et de plumage,
Sur le bord d'un étang, à l'abri des roseaux,
S'ébattait avec grand ramage.

7

Il s'agissait de baptiser l'enfant
        D'un gros Coucou du voisinage;
Il avait pour parrain un Moineau fort galant.

On s'attabla, suivant l'usage.
Le repas était des meilleurs;
Ce furent grains de toute espèce,
Fin gibier pour les amateurs,
Du millet, des fruits, des primeurs,
Et des raisins! assez pour qu'on en laisse.

Noé, nous dit-on, inventa
           Et planta
La vigne, avant d'entrer dans l'arche;
Mais de ce fruit le jus subtil
Finit par mettre en grand péril
La dignité du patriarche.

Vous comprenez que les petits cerveaux
           De nos oiseaux
S'y laissèrent bien vite prendre.

Bientôt ce fut un bruit à ne pouvoir s'entendre;
      Vous les eussiez vus babillant
      Comme des grives en septembre,
      Parlant, criant, gesticulant,
      Et chacun vantant son talent :
      On eût pu se croire à la Chambre.

« Moi, disait un Corbeau, je connais les saisons
      » Mieux que feu Mathieu de la Drôme,

      » Et sans calcul, algèbre, ni prodrome,
      » Je sais changer mes garnisons. »

« Je sais bâtir, disait une Hirondelle,
   » Des maisons qui ne coûtent rien. »

Le Pigeon voyageur, à son pays fidèle,

Élevé par l'État au rang de Citoyen,
Se renflait, comme fait la noblesse nouvelle ;

Sire Épervier, vantard comme tous les chasseurs,
Contait avec orgueil ses hauts faits destructeurs;

Le Paon montrait sa queue et le Cygne son aile;
L'Aigle arrivait des cours; la douce Tourterelle

Vantait son âme tendre et son attachement
                    Modestement;

Le Grand-Duc avait sa noblesse;
Le Rossignol criait : « Je sais vingt chants divers! »

Le Chapon parlait de sa graisse,
Le Coq, de ses exploits, l'Oison, de sa finesse; .

Nul ne parlait de ses travers.

Un Héron, sur une patte,

Près de l'eau se tenait coi,
Philosophant à part soi
Et riant dans sa cravate.

« Et vous, là-bas, qui restez à l'écart »,
Lui dit un Étourneau bavard,
« Brave homme! que savez-vous faire? »
Le Héron répondit : « L'ami, je sais me taire. »

XII

DE LA CERTITUDE HISTORIQUE.

Je lisais hier un journal :
On y parlait d'une pièce nouvelle
Naguère éclose en la cervelle
D'un auteur fort goûté du monde théâtral :

8

« Signalons, — disait le critique, —

» Encore un succès éclatant

» De cet écrivain sympathique.

» Le fond est un fait historique;

» Mais un drame d'amour s'y mêle incessamment,

» Et s'y déroule en vers d'une heureuse harmonie.

» De ce talent qui frise le génie

» Un public enthousiaste a couronné l'effort. »

— C'est un chef-d'œuvre, ou je me trompe fort,

Me dis-je après cette lecture.

Mais jetant les yeux, d'aventure,

Sur un autre journal, non sans étonnement

J'y trouvai l'article suivant :

« Hier nous avons ouï de toutes nos oreilles

» L'ouvrage en vers dont tout Paris

» D'avance chantait les merveilles ;

» Mais de cette montagne est née une souris.

 » Un fait historique vulgaire .

 » S'amalgame tant bien que mal

 » Avec l'intrigue somnifère

 » D'un amour bourgeois et banal.

 » Les vers n'ont rien d'original.

 » La critique doit être franche ;

 » — L'auteur en fera son profit, —

 » C'est l'erreur d'un homme d'esprit,

 » Qui prendra bientôt sa revanche. »

Je saluai, tout en passant,

La formule consolatrice ;

Mais je restai, comme Jocrisse,
Un peu plus sot qu'auparavant.

Mon embarras était extrême :
— « Ah! me dis-je, nous verrons bien
» Ce qu'en va penser un troisième... » —
Le troisième n'en disait rien!

Vous voyez qu'il n'est pas facile

De connaître la vérité

Sur un événement qui d'hier est daté ;

J'en conclus qu'il faut être un homme bien habile

Pour écrire l'histoire, ou — sauf votre respect —

Avoir un fameux toupet.

XIII

L'OISON ET LE CORBEAU.

Un Oison tout rond de graisse,
En attendant le dîner,
Digérait son déjeuner,
Enfoncé dans l'herbe épaisse.

Il ne pensait à rien, lorsqu'il vit un Corbeau

    Sur un arbre du voisinage ;

    Ce ridicule personnage

    N'avait que les os et la peau :

  « Que viens-tu faire ici, triste figure ? »

    Cria l'Oison de sa voix dure,

      « Sale bête, qui te repais

      » De charogne et de pourriture !

      » Fi ! le vilain, il sent mauvais !

      » Pour moi, je ne m'explique guère

      » Que le Gouvernement tolère,

» Dans un pays civilisé,
» Cette engeance de cimetière! »

— « Vous m'insultez? C'est bien usé »,
Dit, sans s'émouvoir davantage,
Le voyageur au noir plumage;
« Je pourrais vous répondre, et sur le même ton;
» Mais non, je préfère m'instruire :
» Faites-moi donc, Monsieur, la faveur de me dire
» A quoi vous pouvez être bon. »

Le Jars, interloqué, resta la bouche ouverte.
 Maître Corbeau reprit d'un ton moqueur :
« Moi, je suis simplement un assimilateur;

» J'exploite la matière inerte,
  » Agent non patenté
  » De la salubrité.

» Dans ce métier tout n'est pas rose,
» Je le sais; mais enfin je sers à quelque chose.
» Eh mais, ajouta-t-il, je vois à l'horizon
» Quelqu'un qui doit savoir à quoi vous êtes bon :

9

» C'est le cuisinier! Mon compère,
» Que la broche vous soit légère! »

Des siècles précédents le nôtre est héritier;
Chacun doit apporter sa pierre;

Notre labeur est la matière
Dont est fait l'édifice entier ;
L'oisiveté seule est un sot métier.

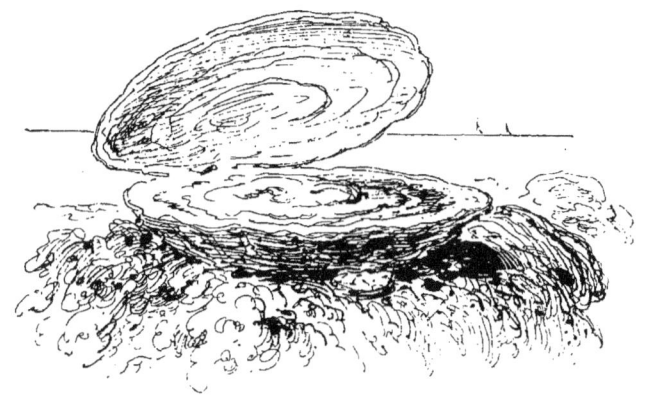

XIV

LA CAGE.

Deux Tourtereaux, au fond d'un bois,
Conjuguaient sous leur toit champêtre
Ce joli verbe qui, je crois,
De tout temps s'est appris sans maître :

Le verbe Aimer! De ces cœurs innocents
  C'était toute la rhétorique,
  Et ces mignons petits amants
  Dans leurs tendres roucoulements

  Se le répétaient en musique :
  « Passer ma vie auprès de toi »,
  Disait l'un, « c'est le bien suprême! »

— « Si l'on te séparait de moi »,

Répondait l'autre, « à l'instant même

» Je mourrais de douleur! » Leurs petits becs rosés

Complétaient leurs serments par mille doux baisers.

Cette félicité parfaite

Ne dura guère : le malheur,

Sous la forme d'un oiseleur,

De leurs amours interrompit la fête.

La pauvre Tourterelle, un soir,

Fut prise au piége, mise en cage,

Et portée au noble manoir
D'un châtelain du voisinage.

C'est là que vint la découvrir,
Après mille détours, son Tourtereau fidèle;
Il fut pris sans chercher à fuir,
Et mis dans la cage avec elle.

Voilà nos deux époux de nouveau réunis ;

    Triste bonheur ! Amère ivresse !

Mais, dans l'épanchement de leur double tendresse,

    Ils crurent tous leurs maux finis.

Quelque temps se passa ; des nuits et des journées

    Le monotone enchaînement

    Aux transports du premier moment

Fit succéder l'ennui, fils des longs hyménées.

    Il advint qu'on se reprocha

    L'un à l'autre son infortune ;

    L'on se bouda ; l'on se fâcha ;

    On fit la paix... avec rancune ;

    On se battit un beau matin !

Des choses on ne sait quelle eût été la fin
Si le valet, chargé de faire leur ménage,

N'eût oublié de refermer la cage :
C'était, enfin, la liberté!
On partit..... mais, hélas! chacun de son côté.

Tendres amants, qui semblez croire
Qu'il suffit, pour votre bonheur,
D'une chaumière avec un cœur,
Méditez un peu cette histoire.

XV

L'ANE OBSTINÉ.

Un saltimbanque de la foire
Avait un Ane, possesseur
D'un remarquable répertoire
Fait pour allécher l'amateur.

D'abord il nommait la personne
De la société la plus vive en amour;

Puis il chantait et dansait tour à tour
Aux sons délicats du trombone.

Comme tous les ténors il était vaniteux;
Il restait grave, et son négoce

Lui paraissait un sacerdoce
Utile autant que glorieux;
Lorsque les conscrits en délire
En le voyant crevaient de rire,
Il acceptait, de bonne foi,

Leurs applaudissements comme de bon aloi,
Et certe on l'eût trouvé tout à fait incrédule
En lui disant qu'il était ridicule.
Savourant donc ces faciles succès
Sans concurrence ni chicanes,
Il se trouvait le plus heureux des ânes

Lorsqu'un rival, comme par fait exprès,
Un beau matin vint s'installer tout près,
Dans les plis de sa tente apportant la discorde :
C'était un Sapajou qui dansait sur la corde.

La queue au vent, alerte et gracieux,
Leste et la plume sur l'oreille,

Celui-ci savait à merveille
Faire la cabriole et le saut périlleux.

Pour l'équilibre et la voltige
Il défiait n'importe qui,
Égalant, d'un double prestige,
Auriol et madame Saqui;
Enfin il avait tout : adresse, esprit et grâce.
La faveur populaire aisément se déplace :
Demandez aux tribuns dont le règne eut un jour !
Au premier appel du tambour,

Abandonnant le Baudet mélomane,
Le public accourut chez l'adroit quadrumane.

L'Ane en vain leur criait : « Par ici, par ici!
» Entrez, Messieurs, entrez, je danse aussi! »

Le malheureux avait beau faire,
On s'étouffait chez son confrère.

Quelqu'un lui dit : C'est démence, crois-moi,
Que de vouloir lutter contre un plus fort que soi ;
   En pareil cas, il est beaucoup plus sage
D'avouer sa défaite et de plier bagage.

XVI

LES CHATEAUX EN ESPAGNE.

Deux vieux époux vivaient paisiblement
　　Dans une ville de province ;
Chacun avait d'une rente assez mince
A son conjoint fait don par testament.

Un soir qu'au coin du feu l'on se chauffait ensemble,
La femme était rêveuse et tricotait ses bas
En fixant les tisons : « Tu ne bavardes pas »,
Dit le mari, « tu dors, ma femme, ce me semble! »
— « Non, non, je ne dors pas, dit-elle; je rêvais,
» Je faisais, comme on dit, des châteaux en Espagne. »
—« Et quels sont ces châteaux? » — « Eh bien, je me disais
» Que, quand l'un de nous deux n'y serait plus, j'irais
    » Volontiers vivre à la campagne. »

    Chacun, ici-bas, pense à soi,
    Et — Nous — veut souvent dire — Moi!

XVII

LA BASSINOIRE EMPOISONNÉE.

Sur les bords d'une île sauvage
De l'archipel Océanien
Un navire avait fait naufrage ;
Les passagers et l'équipage

Avaient tous péri bel et bien.
Entre deux grands rochers on voyait accrochée
La carcasse du bâtiment ;
Et sur la plage incessamment
Le flot, qui chaque jour la minait lentement,
Rejetait quelque épave à ses flancs arrachée.

La tribu des Petits-Nez-Verts,
Habitants du pays, venait à la curée,
Recueillant les objets divers
Que leur apportait la marée,

Et tous ces gens à peu près nus
S'en faisaient, suivant leurs caprices,

Des colliers et des appendices
Aussi nouveaux que saugrenus.

Un de ces pillards à peau noire
Un beau matin au campement
Rapporta triomphalement
Une superbe bassinoire.
Ce fut un grand événement.

De cet instrument de ménage
Tout le monde ignorait l'usage;

Le Grand-Chef, qui fut consulté,
Manifesta sa volonté

De se l'adjuger en partage
Et de s'y voir servir chaque jour son potage.

On obéit : mais très-rapidement
Le cuivre s'oxyda, suivant les lois physiques,
Et le Grand-Chef mourut au milieu des coliques
Sans savoir pourquoi ni comment.

Son successeur finit de la même manière,
Puis un autre : les Chefs alors ne duraient guère
Plus de six mois. Un quatrième, enfin,
Par bonheur eut le nez plus fin.

Il soupçonna la fameuse soupière
    D'avoir causé la prompte fin
De ses prédécesseurs, et sans cérémonie
La jeta dans la mer : cet homme de génie
    Eut le plaisir de mourir fort âgé.

Que de mal tu peux faire, ô Routine, ma mie,
Avant que de ta loi l'homme soit dégagé !

XVIII

LE HUSSARD ET LE HALEUR DE BATEAUX.

Un de ces malheureux qui, le long des canaux,
    S'en vont remorquant les bateaux,
    Marchait, penché devant sa lourde charge;
Le long câble, passé sur son épaule large,

Se roidissait sous son robuste effort ;
Les peupliers alignés sur le bord
Faisaient la haie, et le soleil d'automne
Brûlait de ses rayons la route monotone.
L'homme chantait un air mélancolique et lent.
Soudain, un officier au costume brillant,
Un hussard tout brodé, de mine haute et fière,
Débouche d'un chemin dans un flot de poussière ;

Son cheval, l'œil en feu, les oreilles au vent,
Fait trembler sous ses pieds le sol retentissant ;
Comme un éclair il passe aux yeux du pauvre diable,
Qui, tout rêveur, poursuit son labeur misérable.

Survient la guerre : un boulet coupe en deux
Le noble cavalier, tandis qu'insoucieux
Des maux et des dangers que la gloire colore,
Le haleur de bateaux chemine et chante encore.

Un mendiant, bien vivant dans sa peau,
Disait Sancho, vaut mieux qu'un Roi dans son tombeau.

XIX

LA BICHE ADORÉE.

Un Cerf était amoureux
    De sa Biche;
Il en avait fait son fétiche
Et ne voyait que par ses yeux.

Mais, hélas! il avait beau faire,
S'ingéniant à satisfaire
Jusque dans ses moindres désirs
L'objet de ses tendres soupirs,
Celle-ci, belle indifférente,
Et froide autant qu'il était exalté,
Accueillait sa flamme pressante
Avec une complète insensibilité.

Les cerfs, autant et plus que le simple vulgaire,
Sont exposés aux caprices du sort :
Devant une meute princière
Le nôtre un jour trouva la mort.

Sa veuve y mit de la franchise :
Heureuse de vivre à sa guise,

Elle n'étala point d'hypocrites regrets;
　Elle se mit à courir les forêts,
Jurant de ne jamais avoir un nouveau maître,
　　Et sans façon envoyant paître
　　Les nombreux soupirants cornus
　　Pour la consoler survenus.

L'un d'entre eux, oubliant toute délicatesse,
La trouvant seule, un soir, au fond d'un bois,
Lui manqua de respect, comme fit autrefois
　　A la belle et noble Lucrèce
　　Tarquin, ce prince discourtois.

Elle pleura d'abord de honte et de colère;
Puis, par un singulier retour,
Cette audace opéra ce que n'avait su faire
De défunt son époux l'obéissant amour :
Son cœur s'ouvrit à la tendresse,
Et quand l'autre, sans politesse,

La planta là, ce qu'on pouvait prévoir,
Elle mourut de désespoir.

Souvent biche varie ;
Bien fol est qui s'y fie.

XX

LE PHILOSOPHE ET LE CANON.

Se promenant entre ses deux repas,
Un Philosophe, un jour, trouva devant ses pas
Un de ces engins que les Princes
Collectionnent à grands frais,

Tant pour garantir leurs bonnes provinces

Que pour s'expliquer avec leurs sujets;

C'était, sur son affût assis en équilibre,

Un Canon du plus gros calibre.

« Te voilà donc, s'écria-t-il;

» Te voilà, brutale machine!

» Ton informe et sombre profil

» Comme un monstre accroupi sur le ciel se dessine!

» Ta gueule jette au loin la terreur et la mort!

» Les plaintes sont l'écho de ta voix formidable!

» C'est toi l'expression la plus épouvantable

» De l'infâme droit du plus fort! »

Le Canon garda le silence ;

Mais, si de langue il eût été pourvu,

Voici ce qu'au Monsieur il aurait répondu :

« Imbécile ! à qui t'en prends-tu ?

» Tu ne supposes pas, je pense,

» Que tout seul je me suis fondu ?

» Non ! c'est vous, animaux féroces,

» Qui vous obstinez à forger

» Un tas de machines atroces

» Faites pour vous entr'égorger !

« C'est de votre injustice et de votre sottise

» Que vient le mal que nous faisons;

» Nous serions de bons compagnons

» Sans la méchanceté qui vous caractérise.

» Notre innocente voix devrait être toujours

» Un signal de joie et de fêtes

» Et n'annoncer, dans les grands jours,

» Que de pacifiques conquêtes;

» Au lieu de nous multiplier,
» Vous emploieriez le bronze à décorer vos rues,

» Et l'on y verrait les statues
» De Jacquart et de Parmentier. »

Jamais nous ne montons à la source des choses;
Et pourtant, mieux vaudrait se délivrer des causes
    Que de gémir sur leurs effets.
Que voulez-vous? Nous sommes ainsi faits!

XXI

L'HOMME INVISIBLE.

Certain homme tirait le Diable
Par la queue. Il tira si bien
Que l'appendice indispensable
De l'ennemi du genre humain

Lui resta dans la main

　　　Soudain.

Le Diable fit semblant de rire,

Mais, au fond, il était vexé;

Comment rentrer ainsi dans son Empire

Sans voir son prestige éclipsé?

« Voyons, dit-il, rends-moi cet objet inutile,

» Pour toi, du moins; tu me parais habile;

　　» Je t'offre, en échange, un trésor

　　» Plus désirable que de l'or,

» Et par lequel tout est possible :

» Cet anneau, qui rend invisible. »

Mon homme accepte, et, tout joyeux,

Passe à son doigt l'anneau miraculeux.

Cela lui paraissait une excellente affaire.

Il n'avait pas fait quatre pas,
Qu'un homme allant en sens contraire
Se heurta contre lui, ne l'apercevant pas,
Et faillit le jeter par terre.

Un moment après, patatras !
Des ouvriers, sans crier gare,

Font pleuvoir tuiles et plâtras
Du faîte d'un toit qu'on répare.

Or, comment se fâcher? Personne ne l'a vu!
A tout instant se dresse un péril imprévu :

Vingt fois par les chevaux, en traversant la rue,
    Il court risque d'être écrasé ;

Plus loin, d'une fenêtre il se sent arrosé ;

On le pousse, on le presse ; heurté, brutalisé,
Il court, à moitié fou, sans trouver une issue.

Il regagne enfin sa maison,
En montant l'escalier bouscule sa portière
Qui dégringole avec des cris d'oison;

Il rentre, et retirant sa bague avec colère,
L'enferme dans son secrétaire.

Ce début n'était pas brillant.
Cependant, en réfléchissant,
Il se dit qu'éclairé par cette expérience,
Il pourrait procéder avec plus de prudence
Et choisir un meilleur moment.

A quelque temps de là, prenant son amulette,
Il se glissa, dès le matin,
Chez une innocente fillette

A laquelle il voulait du bien;
Qu'y trouva-t-il? C'est un mystère :

Mais si l'on eût vu la manière
Dont il tira la porte en s'en allant,

On eût compris qu'il n'était pas content.

Du théâtre il tenta la chance :
Autre affaire ! Sans défiance
Les gens venaient s'asseoir sur ses genoux ;

Cela finissait, on le pense,
Par du scandale et même par des coups.

En chemin de fer même histoire :
Il espérait bien voyager
Sans cet inutile accessoire

15

Qu'on nomme de l'argent ; mais, après maint déboire,

Il ne fallut plus y songer.

Mille déceptions le guettaient au passage :

Entrant incognito chez un proche parent,

Entre la poire et le fromage
Il s'entendit parfois traiter Dieu sait comment.

La méfiance, alors, le dégoût et la haine,
Le mépris de l'espèce humaine
En peu de temps aigrirent son esprit.

Des créanciers l'implacable cohorte
Plus que jamais se pressait à sa porte :

Il résolut d'être riche à tout prix.

Un beau jour, de sa conscience
Faisant taire les derniers cris,
Il s'en alla tout droit à la Banque de France.

Après avoir prudemment louvoyé,
  Longtemps erré de salle en salle,

A la suite d'un employé
  Il descendit — à fond de cale.

Là, retenant son souffle et blotti dans un coin,
        Il attendit que l'autre sorte;
On sortit, en effet; mais, avec très-grand soin,
A quadruples verroux on referma la porte.

        Transi de froid, mourant de faim,
Notre homme resta là jusques au lendemain,

Et, quand survint la délivrance,
Il aurait bien donné pour un morceau de pain
Tout l'encaisse de la finance.

Cependant il avait rempli ses poches d'or.
Pour compter en paix son trésor

Il s'esquiva dans la campagne,
Et, bâtissant cent châteaux en Espagne,

S'assit dans un beau parc, au pied d'un grand sapin.
Il respirait enfin sous cet abri paisible,
    Quand un chasseur, qui tirait un lapin,
      Étendit mort l'homme invisible.

XXII

LE MULET ET LE BAUDET.

Nous sommes tous pétris de vanité;
   Tout nous est bon pour nous en faire accroire;
Même de ses défauts chacun est enchanté
     Et pour un rien s'en ferait gloire.

François Aliboron un jour se promenait
Avec Anatole Mulet,
Son ami d'enfance;
Pénétrés réciproquement
De leur personnelle importance,
Chacun vantait éloquemment
Sa prépondérance.
« Moi, dit l'Ane, aisément je pourrais présumer

» Que mes aïeux furent illustres;
» Dans tous les cas, ils n'étaient pas des rustres,
» Hautement je puis l'affirmer!

» Mon bisaïeul était un baudet de Syrie,
 » Qu'on appelait Ali, dans sa patrie;
  » Le fameux général Boron
  » Le ramena d'Alexandrie;

 » De là le nom d'Ali-Boron
 » Qui, depuis lors, à ma famille
 » Fut acquis, avec l'estampille

» D'un acte officiel légal et régulier ;

» C'était sous l'empereur Napoléon premier   »

     « — Ah oui, noblesse de l'Empire ! »

Fit l'autre avec un dédaigneux sourire :

     « Eh bien, ma mère la Jument

     » Conserve précieusement

» Un arbre généalogique
» Daté d'avant la République,
» Où sont tout au long relatés

» Les hauts faits, dûment constatés,
» D'un mien ancêtre à la croisade. »
— « C'est possible, mon camarade »,

Riposta l'Ane un peu piqué ;

« Mais on a souvent remarqué

» Que pour voir un beau sang tomber en décadence

» Il suffit bien souvent d'une mésalliance.

» Ma mère était Anesse, et point ne m'en défends !

» Ma femme est ma pareille et m'a fait douze enfants
    » Qui tous, vrai portrait de leur père,
    » Sont pleins d'esprit et bien portants.

    » En feriez-vous autant, mon frère? »
— « Je vous entends! C'est vrai, je suis célibataire »,
    Dit le Mulet en soupirant;

« Le Créateur, évidemment,

» Ne m'a pas fait pour le ménage ;

» Mais j'y trouve cet avantage

» De ne pas être, quelque jour,

» Ce que, sans phrase ni détour,

» Exprime le nommé Molière...

» En diriez-vous autant, compère? »

Parfois du plus méchant procès

Un mot dit à propos peut faire le succès.

XXIII

LA FOUINE ET LE PETIT PAYSAN.

Dans un piége pour elle habilement tendu
    Une Fouine avait été prise.
    Après mainte et mainte entreprise,
    Après un travail éperdu

Pour faire un trou dans le grillage,
Elle s'était dans le fond de la cage
Accroupie, attendant la mort
Ou quelque miracle du sort.

Le sort se montra bénévole :
Quelqu'un passa ; c'était un jeune enfant
Qui, chantant, sautant et trottant,

Son panier sous le bras, s'en allait à l'école.
La Fouine aussitôt de gémir.

Le gamin, curieux comme on l'est à son âge,
S'arrêta, s'approcha, regarda dans la cage;
    L'autre essaya de l'attendrir :

« Je suis, dit-elle, une bête innocente
    » Enfermée ici par erreur;
» Délivre-moi, j'ai faim! Écoute ton bon cœur!
» Tu verras si je sais être reconnaissante.
» Je connais dans le bois plus de cent nids; c'est toi
» Qui les auras, pleins d'œufs de toutes les espèces;
        » Toi seul de toutes ces richesses
    » Seras le maître; allons, vite, ouvre-moi! »

L'enfant fut ébloui; toujours le dénichage,
Petit frère du braconnage,

Eut d'irrésistibles attraits
Pour les polissons de village.

Il ouvrit donc; à ses yeux stupéfaits
Sur un arbre voisin l'astucieuse commère
S'élança, puis lui dit : « Jeune présomptueux,

» Prendre les nids est un acte blâmable,
» Et je m'estimerais coupable
» D'encourager ce goût pernicieux.

» —Mais vous m'aviez promis…—Parbleu! dans l'infortune
» Je t'aurais aussi bien, nigaud, promis la lune!
  » Mais promettre et tenir sont deux. »

XXIV

LE LORGNON.

La mode, en notre temps, est de ne pas voir clair.
On se met sur le nez un objet en écaille
Qui, pour peu que ce nez soit d'une honnête taille,
   Des deux côtés vous entre dans la chair,

Se casse à chaque instant et vous coûte fort cher;
C'est la mode! Très-bien; ce mot est sans réplique.

    Un jouvenceau, sortant de rhétorique,
        Arrive un jour chez ses parents
        Orné de cette mécanique.

D'abord on s'en moqua; puis les plus indulgents
Dirent qu'au fait sa vue était courte, peut-être;
Lui l'affirma. — Sa sœur, spirituelle enfant,
        Mais espiègle à l'avenant,
Se promit de savoir ce qu'il en pouvait être.

Certain jour, donc, qu'imprudemment
L'autre avait laissé sur sa table
Son fameux instrument, vite le petit diable
Sur le bout de son pied mignon

Entre, et vient enlever les verres du lorgnon.
L'autre, étourdi comme on l'est au collége,
Et par le fait ayant d'excellents yeux,
Aucunement ne soupçonne le piége,

18

Et paraît, d'un air sérieux

Portant l'objet malencontreux.

Dieu sait si l'on en rit! Notre petit jeune homme,

Qui n'était point un sot, se montra bon garçon;

Il n'alla pas le dire à Rome,

Mais profita de la leçon.

Quand la mode a parlé, la raison doit se taire;

Des souverains qui règnent sur la terre

Nul n'a des sujets plus soumis;

Ce qu'elle ordonne est aussitôt admis.

A-t-elle décrété que les femmes soient grasses?

L'art contraint la nature, et, de force ou de gré,
  On arrive au juste degré ;

1876.

S'il fallait être grand, on irait aux échasses !
Le sage, en s'y pliant, peut ne pas se hâter ;
Mais inutilement il voudrait protester.
  Quand finira cette folie ?

Lorsque la vanité, chez le peuple français,
   Aura cessé d'être une épidémie;
Lorsque les gens d'esprit, devenus moins benêts,
De se faire moutons n'auront plus la manie,
   C'est-à-dire... jamais!

XXV

LE RENARD CONVERTI.

Certain Renard, gorgé de meurtre et de rapine,
Se sentit un matin par la grâce divine,
    Comme Saül — révérence parler —
      Soudainement illuminer :

« Reprenons, se dit-il, une honnête existence;

» Sortons de ce chemin hérissé de remords,

   » Et sur lequel certains de mes consorts

     » Pour aller à la potence

     » Ont reçu leurs passe-ports! »

C'est dit : il entre donc dans une métairie

Et demande un emploi de chien de basse-cour;

Le fermier, riant fort de la plaisanterie,

  Le pria, sans cérémonie,

  De repasser un autre jour.

Ailleurs, même refus ; aucun ne voulait croire

Au soudain repentir de cette âme si noire ;

C'était à dégoûter vraiment de la vertu

  Un moins têtu !

Cependant, en sortant d'une Capucinière

Où le Frère portier, avec son goupillon,
Vous l'avait reconduit de la belle manière,

Il eut du Ciel une inspiration :
« Puisque l'honnêteté par tous m'est interdite »,
    Se dit le nouveau converti,
    « Il faut prendre un autre parti :
    » Essayons de me faire ermite ! »
    Aussitôt dit, aussitôt fait :
    Dans un vieux trou du voisinage
    Il installe, avec grand respect,

Une chapelle de ménage ;
Offrandes alors de pleuvoir,
Gens pieux d'accourir, pour voir
Le saint homme en son ermitage ;

Bref, se bornant à ses quatre repas,
Il vécut honoré, tranquille, gros et gras,
Sans en demander davantage.

Le monde, en fait d'honnêteté,
A d'implacables exigences ;

Il ne lui suffit pas de la réalité,

Il veut surtout les apparences.

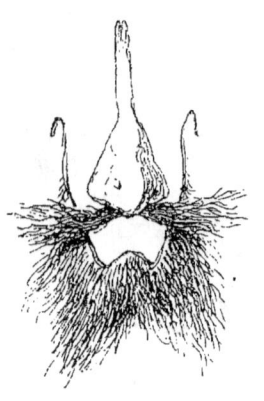

XXVI

LA CONSCIENCE.

Minuit sonnait au clocher du village.
La lune, rayonnant dans un ciel sans nuage,
Se mirait dans l'étang; d'un souffle langoureux
La brise par instants caressait le feuillage

Des bois silencieux.

Tout dormait — sauf un homme, amateur du mystère,

Qui s'en allait dans le champ d'un voisin

Dérober des pommes de terre.

Il poussait sa brouette en montant le chemin;

La roue, à chaque tour, criait en son langage :

« *Nous serons pris, nous serons pris, nous serons pris!* »

Non, non! murmurait l'homme; et les chauves-souris

Disaient : *Si, si!* sur son passage,

Et tournoyaient avec de petits cris.

Il arrive pourtant, et remplit sa brouette.

Du haut d'un gros noyer voilà qu'une chouette
   Lui crie : « *Hu, hu, je t'ai vu, je t'ai vu !* »

   Notre coquin eut peur et prit la fuite ;
     Et la roue, en tournant plus vite,
    Lui chantait : « *Tu seras pendu,*

   » *Tu seras pendu, tu seras pendu !* »
Il rentra fort ému, mais sans autre aventure.

Tandis qu'il cachait sa capture,
Il entendit un chat qui criait : « *Miaou !*

» *Oh, le filou ! oh, le filou !* »
Il dormit mal, et rêva de gendarmes.

Il s'éveillait, honteux de ses alarmes,
Quand tout à coup le coq chanta : « *Kirikiki,*

» *Bien mal acquis, bien mal acquis!* »

Il sortit furieux. « Eh bien, oui, sale bête,

» J'ai volé; mais j'aurai ta langue avec ta tête! »

Un voisin l'entendit, vite en secret conta

La chose à sa voisine; elle la rapporta

     A deux commères fort discrètes;

Bref, un ami courut avertir les Sergents,

Qui menèrent mon homme où vont les braves gens

     Qui sans payer font leurs emplettes.

     Voilà mon conte, et je crois, mes amis,

Qu'il justifie assez le titre que j'ai mis.

XXVII

A BON CHAT BON RAT.

Tout le monde connaît les Rats de l'Opéra,
    Race avide, aux dents implacables;
Il ne faut pas compter qu'elle respectera
    Rien des choses qui sont croquables;

C'est à qui les grignotera,

Les rongera, les détruira!

On a bien compris, je le pense,

Que je n'ai pas l'impertinence

D'attaquer le corps de ballet,

Corps qui brille par l'innocence

Tout autant que par le mollet;

Je parle des vrais rats, des rats à quatre pattes,

Dont l'appétit vorace attaque tour à tour

    Côté *Jardin* et côté *Cour;*

   Un escadron de matous et de chattes

    Leur fait la chasse nuit et jour.

20

Or donc, parmi cette gent grignotante,
Était un certain Rat, malin comme un renard,
    Flairant de loin le plus fin traquenard
Et se moquant des chats comme de l'an quarante;
Ceux-ci le connaissaient fort bien, et chacun d'eux
    Pour l'attraper eût donné tout le reste.
Un capitaine Chat, résolu, fort et leste,

    Avait juré par ses aïeux
De l'avoir mort ou vif : esprit fécond et preste,
Il s'avisa d'un tour assez ingénieux.

Au théâtre on emploie, en mainte circonstance,
Un pâté de carton avec art imité :
Mon chat le prit un soir, et, bien en évidence,
Le plaça près du trou par le Rat habité ;
    Puis, comme un Grec dans le Cheval de Troie,
Tapi sous le couvercle, il attendit sa proie.

L'Opéra, si brillant naguère, et si bruyant,
    Était rentré dans l'ombre et le silence ;
Mais tout ne dormait pas dans l'édifice immense ;
        Un petit monde frétillant
        Allait bientôt entrer en danse.

Sur le bord de son trou l'on aperçut bientôt
        Le museau du Rat légendaire :
        Il n'avait pas traduit Homère,
        Mais il flaira quelque complot.

« Réfléchissons d'abord, dit-il avec prudence :
        » Pourquoi les chats, qui sont filous
        » Et gourmands tout autant que nous,
    » Paraissent-ils ignorer l'existence
        » De ce morceau de résistance?
        » Il n'en resterait déjà plus
» Si quelque bon poison ne s'y trouvait inclus.

» Abstenons-nous! » Il dit, et d'une contre-basse
    Il alla, par un long détour,
Entamer les boyaux jusques au petit jour;
Enfin, rentré chez lui, du bord de sa crevasse
Le coquin put encor savourer la grimace
    Que fit, en quittant son pâté,
    Maître Chat fort désappointé.

    En amour aussi bien qu'en guerre,
Ce que l'on veut, il faut qu'on le conquière;
Défions-nous d'un fort comme d'un cœur
Qui, sans combat, sont rendus au vainqueur.

XXVIII

LE MONSTRE.

« — Ah! je te tiens, bête enragée,
» Et je vais donc être vengée! » —
Ainsi parlait, d'un ton peu rassurant,
Une fillette toute rose,

Qui tenait... mais vraiment je n'ose
Dire ce que tenait ainsi la belle enfant.

C'était un animal farouche et sanguinaire,
Un monstre avide et furieux;

C'était — pardon, Madame! — une Puce! Il vaut mieux,
Sans faire ici plus de mystère,
Tout simplement dire l'affaire.

« — De grâce, épargnez-moi », disait en suppliant
L'insecte tremblant pour sa vie;

« Votre cœur est si bon, votre esprit si charmant!

　　» Aurez-vous l'âme si ravie

　　» De mon trépas? — Eh oui, vraiment!

　　» — Ah! par pitié, laissez-moi l'existence!

　　» — Non, il me faut une vengeance!

» Tu m'as trop bien mordu, méchante, cette nuit!

» — Hélas! mais c'est qu'en vous tout attire et séduit!

» N'accusez que le Ciel et la grâce divine

» Qu'il se plut à verser sur votre corps charmant;

» Je l'avoue, en voyant votre beauté si pure,

» Malgré moi j'ai laissé ma bouche se poser

　　» Sur cette main qui voudrait m'écraser...

　　» Ce que vous appelez — morsure

　　» Était la trace d'un baiser. »

La fillette sourit, et, détournant la tête,
Jeta sur son miroir des regards adoucis;

L'insecte s'échappa de ses doigts indécis
Et prit la porte sans trompette.

Or, voici la moralité :
En vain, pour vous plaire, mesdames,
On loue en vous esprit, talents, vertu, bonté ;
On ne touche vraiment vos âmes
Qu'en parlant de votre beauté.

XXIX

LE TORRENT ET LE LAC.

Le Lac dit un jour au Torrent :
« Pourquoi viens-tu troubler par le courant
   » De tes cascades vagabondes
   » Mes eaux paisibles et profondes?

» Sans toi, je dormirais d'un paisible sommeil,

» Et rien ne riderait ma surface limpide,

» Si ce n'est le sillon de la truite rapide,

» Ou l'oiseau voyageur, séchant son aile humide

    » Aux tièdes rayons du soleil.

    » Sans toi, mon écho solitaire

» Ne serait éveillé que par les pas légers

    » D'un couple amoureux du mystère,

    » Ou par la chanson familière

» Du berger matinal assis sur mes rochers.

» Mais voilà que soudain escaladant les pentes,
» Déracinant les pins dans ton cours furieux,
» Tu jettes ton écume à mes rives charmantes
» Et mêles de ta voix les notes discordantes

    » A mon silence harmonieux. »

Le Torrent répondit : « Ingrat, qui m'injurie

    « Quand mes innocentes fureurs
    » Portent la lumière et la vie
    » Dans tes sauvages profondeurs!
    » Sans moi, ton eau limpide et claire
    » Deviendrait, sous les feux du jour,
    » Une sentine délétère,
    » Et de ta rive meurtrière
    » Fuiraient les oiseaux d'alentour;
    » Tes poissons aux robes nacrées
    » Iraient expirer près du bord,
» Et la brise, effleurant tes eaux empoisonnées,
» Emporterait la fièvre et sèmerait la mort! »
Et le Torrent passa.

    Souvent, sur cette terre,
    Par une loi cruelle et salutaire,
Le mal est un bienfait; Dieu, par un dur réveil,

Sait d'un peuple engourdi châtier le sommeil;
La guerre le surprend, la défaite l'accable;
Il subit du vainqueur l'orgueil impitoyable;
Mais bientôt, bondissant sous l'insulte du sort,
Trempé par la souffrance, il se dresse plus fort
Et plus grand, et plus pur, car la rude tourmente
A chassé des bas-fonds la vase croupissante.
Né de l'excès du mal, le bien prend son essor
Comme du fumier vil naissent les gerbes d'or.

XXX

FANTAISIE PRÉHISTORIQUE.

Quel spectacle étrange et terrible
Notre globe devait offrir
Quand, les eaux de la mer venant à découvrir
Les vastes horizons de la terre accessible,

Un troupeau d'êtres monstrueux
Apparut! Pour peupler ces grandes solitudes,
Le Créateur fit naître un flot tumultueux
D'étranges animaux, géants aux formes rudes,
Du chaos en travail essais prodigieux.

  Redirai-je les noms barbares
  Dont la science d'aujourd'hui,
  Fouillant le temps qui s'est enfui,
 A baptisé ces familles bizarres?
  Nous avons tous eu sous les yeux
  Leurs types apocalyptiques :

  Ichthyosaures fantastiques,
  Mastodontes hyperboliques
  Ou Ptérodactyles hideux.

Nous avons pu toucher du doigt la tête informe
D'un Dinothérium un beau jour exhumé,

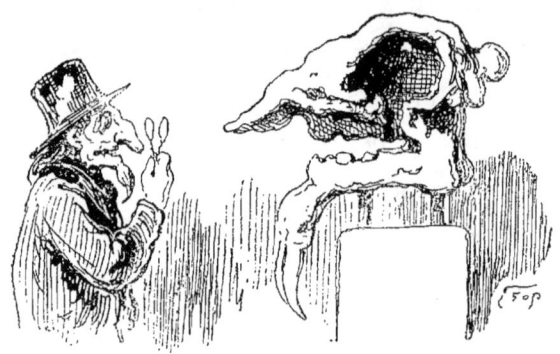

Et dans un bloc de glace un Mammouth enfermé
Apporta jusqu'à nous sa silhouette énorme.

Représentez-vous leurs conflits,
Leurs amours, et leurs épousailles,

Et les monceaux de victuailles

Exigés par leurs appétits!

Le sol tremblait à leur passage,

Leur vol obscurcissait les airs;

Ils soulevaient les flots amers

Comme l'eût fait un vent d'orage,

Et leurs ébats troublaient les vastes mers.

Tout à coup apparut un être

Sans griffes et sans crocs, faible, petit et nu;

C'était l'homme : aussitôt devant cet inconnu

Le troupeau s'écarta comme devant un maître.

22

Qu'avait-il donc pour exercer soudain
Cette puissance surprenante ?
Il avait la parole, une âme consciente,
Et dans l'œil un rayon divin.

XXXI

LE VOYAGEUR.

Un jeune et beau garçon s'était mis en voyage
A la recherche du bonheur;
Mais bientôt, à bout de courage,
Accablé de fatigue et battu par l'orage,

Sur le bord du chemin l'imprudent voyageur
S'était assis. Le Dieu qu'on honore à Cythère
    Vint à passer : « Viens, dit-il, avec moi;
        » Le bonheur est, sur cette terre,
        » A ceux qui vivent sous ma loi. »
L'autre obéit. L'Amour, vous le savez, Madame,
        Est un de nos jolis farceurs;
        Il en fit, suivant son programme,

Voir à son compagnon de toutes les couleurs.
Celui-ci pratiquait, en toute conscience,

Le sentiment et tout ce qui s'ensuit;

Mais il restait, dans cette expérience,

Triste comme un bonnet de nuit.

« — Diable! lui dit l'Amour, mais ton cas est fort grave,

» Et je ne vois pas trop, mon brave,

» Ce qui pourrait te rendre heureux;

» Si! Je connais encore un moyen, si tu veux;

» Mais c'est un remède héroïque :

» Vois-tu, là-bas, ce temple imposant et classique?

» C'est celui de l'Hymen; là, pour qui n'a pas peur,

» Est un dernier espoir d'atteindre le bonheur;

» Mais combien de serpents se cachent sous les roses!

» C'est le cas de prendre pour toi
» Ce vers plein de sagesse, — et qui n'est pas de moi :
» *Devine, si tu peux, et choisis, si tu l'oses!* »

Notre jeune homme était un garçon résolu ;
Il eût été trouver Pluton, s'il l'eût fallu :
    « J'y vais, dit-il ; mais, en pareille affaire,
    » Plus que jamais un guide est nécessaire ;
    » Entrons ensemble! — Oh! répondit le Dieu,
» Que nenni! J'y ferais une mine fort sotte ;
      » Pour pénétrer dans ce saint lieu

» Il me faudrait au moins... une culotte !

» Va, mon compère, aie du flair, ouvre l'œil,

» Et si d'un mauvais choix tu sais tourner l'écueil,

» Si tu prends une femme à tes goûts assortie,

» Eh bien... je t'attendrai peut-être à la sortie. »

XXXII

LE DISCOUREUR INTEMPESTIF.

Dans une auberge de village,
Un homme de mauvais visage
Buvait un litre de vin blanc
Accompagné d'un morceau de fromage;

Il possédait, pour tout bagage,
Un fort mince paquet déposé sur le banc.
Deux bons Gendarmes en tournée,
Assis près de la cheminée,
Se chauffaient au feu clair, car il faisait alors
Un temps à ne pas mettre un caniche dehors.

L'Homme avait pris d'abord son repas en silence,
Et serait demeuré sans doute inaperçu,

Si, le vin déliant sa langue à son insu,
Il ne se fût pas mis lui-même en évidence :
   « Je vois, dit-il, des gens peu délicats
   » Dire du mal de la Gendarmerie
      » Et de messieurs les Magistrats :
   » Je ne suis pas de leur catégorie !
     » J'ai servi comme franc-tireur...

   » Ceux qui diraient que je suis un voleur
 » Auraient affaire à moi !... Faut-il que l'on s'étonne

» Si j'ai de l'or!... cela ne regarde personne!...

» J'ai mes papiers!... — Holà! vous faites bien du bruit »,

Lui dit le Brigadier, par ce beau monologue

    Mis en éveil; — on pressent l'épilogue :

    Le drôle avait, l'avant-dernière nuit,

    Tué, volé, et tout ce qui s'ensuit;

Reconnu, garrotté, malgré sa résistance,

Devant les magistrats ce gibier de potence

    Sous bonne escorte fut conduit.

    Trop parler nuit.

RÉDACTION

XXXIII

LE CANARD FACÉTIEUX.

Un Canard avait pris la funeste habitude
    De commettre des calembours
    D'une effroyable platitude :
    Nous voyons cela tous les jours.

Chez les Canards, il faut le dire,

On n'a pas l'esprit bien subtil;

Aussi l'autre en abusait-il,

Et, dans le monde volatil,

Dès qu'il ouvrait le bec, on se tordait de rire.

Le Sire avait d'ailleurs cet appétit glouton

Dont ses pareils ont l'apanage.

Un jour qu'il festinait, certain os de mouton
      S'arrêta dans son œsophage;
      On le vit alors, comme un fou,
      Tournoyer, en battant de l'aile,
      Sautant comme un polichinelle,

      Roulant les yeux, tendant le cou;
      De la basse-cour tous les hôtes
      L'admiraient, se tenant les côtes;

      On riait de plus en plus fort
Jusqu'à ce qu'on le vit tomber : il était mort!

La morale de cette histoire,
C'est que la *blague* est un jeu dangereux ;
Le jour où du plaisant on passe au sérieux,
Personne ne veut plus vous croire.

XXXIV

LE STRADIVARIUS.

Un collectionneur de choses inutiles,
Ce qu'on nomme aujourd'hui, je crois, des *bibelots*,
    Possédait parmi ses vieux pots,
  Ses vieux bahuts et ses vieux ustensiles,

Un violon, authentique produit
De Stradivarius. Avec des soins d'avare
Il avait enfermé dans un certain réduit,

Où sans protection nul n'était introduit,
Cette pièce coûteuse et rare.
La chose se passait en province. Or, un soir,

Un éminent violoniste
Chez des amis survint à l'improviste :
Chacun, on le comprend, eut désir de le voir
Et bien plus encor de l'entendre;
Mais l'artiste devant le lendemain se rendre

Au chef-lieu du département,
Pour un concert de bienfaisance,
Il avait envoyé d'avance
Son instrument.

Que faire? On résolut, en grande conférence,
　　De s'adresser au possesseur
Du fameux violon; mais le vieil amateur
　　Refusa net, et toute l'éloquence
Du messager ne put vaincre sa résistance :
　　« Bien désolé, dit-il, que mes désirs
　　　» Ne cadrent pas avec les vôtres;

　　　» Mais les trois quarts de nos plaisirs
　　　» Sont faits avec l'ennui des autres.
　» Chacun de ce qu'il a use comme il l'entend,
　　　» Et, fût-ce au prix d'une couronne,
　　　» Je ne confierais à personne
　« Mon Stradivarius! »

L'autre insista : « Pourtant
» Vous n'aurez pas souvent occasion pareille ;
» Rarement cette voix qui dort dans son étui
» Aura, pour l'éveiller, l'artiste d'aujourd'hui.
» A quoi bon posséder une telle merveille
» Si jamais ses accords ne frappent votre oreille?
» En jouez-vous, au moins? »

       — « Non certes, nullement!
» Je n'entends rien à la musique,

» Et pour moi le point spécifique
» N'est pas d'avoir un instrument
» Bon ou mauvais, mais simplement
  » Authentique! »

De la même paroisse est ce particulier

Qui, se disant bibliophile,

Avait rempli son domicile

De livres, qu'il faisait superbement relier;

Il y mangea son héritage,

Mais sans en avoir lu de sa vie une page.

A Monsieur Émile Guimet.

XXXV

LES DEUX VOYAGEURS.

Dans les plaines de l'Arabie
Deux voyageurs marchaient de compagnie ;
Un but commun les avait réunis,
Et leur isolement vite en fit des amis.

On causait pour charmer la longueur du voyage :
   S'il arrivait qu'on ne fût pas d'accord,
Chacun cédait un peu, pour faire bon ménage,
Et tout se terminait sans que personne eût tort;
Une telle amitié pouvait braver le sort.
   Un soir qu'ils faisaient leur prière,

   L'un dit à l'autre : « Dis-moi, frère,
  » Quel est ton Dieu? le mien est Jéhovah. »
« Moi, répond le second, le mien se nomme Allah! »

Là-dessus, l'arme au poing, ces hommes se ruèrent
 L'un sur l'autre, et s'entr'égorgèrent.

 Il n'est travers que chez autrui
 Aisément l'homme ne tolère ;
 Mais une chose l'exaspère :
 C'est de voir autrement que lui
 Son voisin faire sa prière.

XXXVI

LE LAPIN COURAGEUX.

Un Lapin s'en allait en guerre.
Une bataille meurtrière
Se préparait entre les Rats des champs,
Gens peu nombreux, mais fort méchants,

Et les Taupes, tribu beaucoup moins militaire,
Mais dont les rangs épais à travers les sillons

Marchaient en colonnes serrées ;

Volontiers le Dieu des armées
Est avec les gros bataillons.

C'est de ce côté-ci que notre gentilhomme
  Portait le secours de son bras;
  Bras de Lapin, oui; mais, en somme,
  Un vrai Lapin vaut bien des Rats.
Le sentiment guidait cette ardeur belliqueuse :
C'est qu'une jeune Taupe, aimable et vertueuse,

Au coin d'un champ de trèfle avait ravi son cœur,
Et le don de sa main devait du blond vainqueur
  Couronner l'aide généreuse.

Notre héros sentait, en approchant,
    Malgré cette douce espérance,
    Chanceler un peu sa vaillance;
Pour se donner du cœur, il allait sifflotant
    Un petit air de contredanse.

Tout à coup un grand bruit, des cris tumultueux,
Le retentissement d'un choc impétueux
D'un trouble inattendu viennent remplir son âme.
Il s'arrête, il hésite, il invoque sa Dame,

Comme autrefois les Preux à l'heure du danger,
Lorsque soudain, avant qu'il ait pu se ranger,

Un tourbillon vivant, faisant trembler la terre,
Passe à côté de lui dans un flot de poussière.

Il est pour les Lapins des moments solennels.
Le nôtre, subissant ses instincts naturels,
Voyant des gens s'enfuir, prend la fuite à leur suite.

Combien de temps dura cette course insolite?
On ne sait. — Assez loin il s'était égaré,

Lorsqu'au sortir d'un bois, il se voit entouré

De la foule victorieuse

Des Taupes, et s'entend à Bayard comparé

Pour sa conduite valeureuse.

A lui tout seul ce héros,

La gloire des Lapereaux,

Des Rats, déjà fuyants, avait suivi la route

Et vaillamment consommé leur déroute.

On l'embrasse, on l'acclame; un cortége guerrier

L'entraîne dans l'amphithéâtre

Du Capitole taupinier;

On le couronne de laurier

Aux cris de la foule idolâtre.

La jeune Taupe qu'il aimait
Sur son front, illustre à jamais,

Pose l'immortelle couronne,
En attendant qu'elle lui donne
Le prix charmant de ses succès.

A sa santé l'on but, la chose se devine;
Une Cigale en vers le chansonna;

En triomphe on le ramena
Dans la capitale lapine.
Entouré de nombreux amis,
Sur ses lauriers il s'endormit,
Car ce fut sa seule victoire.

On l'entendit, devenu vieux,
Raconter ses exploits à ses petits-neveux;

26

Mais le plus joli de l'histoire,
C'est qu'il avait fini lui-même par y croire.

XXXVII

LES CERISES.

Jésus se promenait un jour avec saint Pierre.
En marchant il trouva, perdu dans la poussière,
Un vieux fer de cheval; alors il se baissa,
     Recueillit l'épave et passa.

Pierre l'avait vu faire avec quelque surprise :

— « Seigneur, dit-il, excusez ma franchise;

» Mais pour quel mince objet arrêtez-vous nos pas? »

Jésus sourit et ne répondit pas.

Bientôt, en tournant la colline,

On aperçut, sur son âne juché,

Un paysan, portant à la ville voisine

Des cerises pour le marché.

Le Maître alors eut sa revanche :
En échange du fer qu'il avait à la main,
Il reçut du fruit mûr, le glissa dans sa manche,
    Et doucement se remit en chemin.
Le soleil était chaud ; le front baissé, saint Pierre
Marchait silencieux et restait en arrière.
Au bout de quelques pas, son divin Compagnon
De sa manche laissa tomber une cerise.
    Pierre inclina sa tête grise

    Et, ramassant le fruit mignon,
Le savoura, non sans un peu de gourmandise.

Même jeu quelques pas plus loin.

Chaque fois, l'Apôtre avec soin

S'arrêtait, recueillant la précieuse aubaine ;

De la sorte il alla jusques à la douzaine.

Jésus alors, se retournant, lui dit :

« Combien de fois t'es-tu courbé dans la poussière,

» Pour avoir dédaigné de ramasser à terre

  » Le vieux fer dont j'ai fait profit?

 » Tout, ici-bas, doit trouver son usage,

  » Et rien n'est créé sans dessein ;

» C'est peu qu'un grain de blé ; mais je vois dans son sein

» De sa fécondité sommeiller l'héritage :

 » La prévoyance est le salut du sage. »

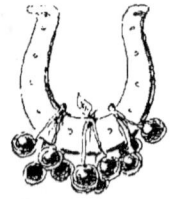

XXXVIII

LE VER DE TERRE.

Sa Majesté Lion, traversant un fourré,
    Sur un serpent posa sa patte auguste;
L'autre, qui sommeillait, s'éveille exaspéré,
    Et, sans se rendre compte au juste

Du rang de son provocateur,
Le mord, comme il eût fait pour un simple amateur.
En un instant il paya de sa vie
Sa criminelle étourderie.
Rentré chez lui, le Sire appela son docteur,
Un vieux Mandrille, adroit opérateur,

Qui déclara la blessure légère.
Malgré cela, le Monarque à crinière

Se dit qu'il n'était pas prudent
De laisser établir un pareil précédent,
　　Et de sa griffe impériale
Il donna l'ordre à tous les animaux rampants
　　De la famille des Serpents
De quitter ses États dans un court intervalle.

Un Ver de terre à grands cris gémissait
En apprenant l'ordonnance fatale :
　　« Eh bien, qu'est-ce que ça vous fait ? »
　　Lui dit une bonne Cigale.

27

« — Madame, je le crois, veut rire à mes dépens »,
Dit le Ver offensé : « faites donc l'étonnée !
» Vous savez, aussi bien que moi, que les Serpents
        » Sont des Vers — de la branche aînée. »

Bien souvent les petits mettent leur vanité
        A se donner de l'importance;
Et tel, à ses dépens, se met en évidence,
Qui fût resté paisible en son obscurité.

XXXIX

LA BLANCHISSEUSE ET LE CUIRASSIER.

Près du lavoir où savonnait
Une petite lavandière,
Un beau Cuirassier conduisait
Deux chevaux boire à la rivière;

Le cavalier sentit, devant l'aimable enfant,
    Son cœur battre la générale ;
    Il lui lança sournoisement
    Une œillade sentimentale.
Mais Apollon lui-même, avec de gros sabots,

Une veste râpée, un pantalon de bure,
    N'aurait pas meilleure figure
    Que le plus chétif des nabots ;

Aussi, sur un tel subalterne
Dédaignant de jeter les yeux,
La belle le laissa rentrer à sa caserne,
La tête basse et le regard piteux.

Le lendemain, jour de revue,
Notre Cuirassier dans la rue
Passait sur son grand cheval gris;

Tout à coup dans une boutique
Il aperçut, rose et pudique,
La Blanchisseuse magnétique
Objet de ses vœux incompris !
Il resta cloué sur la place,
Rougissant comme un écolier,

Le cœur serré sous sa cuirasse
Dont le soleil dorait l'acier :
« — Dieu, s'écria la blanchisseuse,
» Le bel homme ! » — Bientôt après,

Monsieur le Maire pour jamais
Les unit : elle fut heureuse.

En vain on voudrait abroger
Les panaches et l'uniforme;
Croyez-moi, c'est une réforme
Qui ne serait pas sans danger.
Figurez-vous, à la parade,
Un général en habit noir

A cheval devant sa brigade!

Il serait fort cocasse à voir.

C'est fâcheux, mais l'espèce humaine

Est ainsi faite; on ne la mène

Qu'en la chamarrant d'oripeaux;

Vers les gens galonnés la foule se dirige,

Et si nos Députés, qui ne sont pas tous beaux,

Se costumaient en Généraux,

Ils quadrupleraient leur prestige.

XL

LES DEUX CHIENS.

« C'est toi, mon vieux Tayaut, je te revois enfin !
» — C'est toi, mon cher Médor, ah ! quelle heureuse chance ! »
　　C'étaient deux Chiens, camarades d'enfance,
Qui, longtemps séparés, au détour d'un chemin,

28

Se retrouvaient par occurrence.

« Où vis-tu? que fais-tu? » demanda le premier.

« Mon cher, dit le second, je mène bonne vie;

» J'ai, chez un Grand Seigneur, le poste de limier,

» Un emploi que chacun envie

» Et qu'au premier venu l'on ne peut confier.

» A travers les monts et la plaine,

» Au son des cors retentissants,

» Nous poursuivons, sans perdre haleine,

» Les Daims et les Cerfs bondissants;

» Puis ce sont festins et ripailles;

» On voit, écrits sur les murailles,

» Nos noms, que lira l'avenir;

» Pour éterniser notre gloire

» Nous avons des peintres d'histoire,

» Et des valets pour nous servir.

» Et toi? — Moi, mon ami, mon sort est fort modeste;

 » Mon maître est pauvre, et le destin funeste

» L'a privé de ses yeux; pour diriger ses pas

» Il n'a que moi. — Comment! Je ne te comprends pas!

» Tu serais Chien d'aveugle?— Hélas! oui! — Pauvre frère!

» Que je te plains! Mais, sur ma foi,

» Je te sortirai de misère!

» Il faut s'aider sur cette terre.

» Laisse là ton aveugle, et viens vivre avec moi.

» Je puis t'installer sans conteste

» Dans un coin de notre château,

» Et l'on te donnera, pour un coup de chapeau,

» Le logis, la table et le reste.

» — Mais ton maître est-il bon, dis-moi, mon cher Tayaut?

» — Bon? Ma foi, je ne sais : à te franchement dire,

» Nous le voyons fort peu, de loin; le noble Sire

» De sa nature est un peu haut.

» — Eh bien! mon maître, à moi, me connaît bien; il m'aime,

» Il est ma vie, et je suis tout pour lui;

» Je partage son pain, notre toit est le même ;
» Je suis le seul ami qui lui retes aujourd'hui.

» Merci de ton offre engageante,
» Mais mon cœur y reste fermé ;
» Les grandeurs n'ont rien qui me tente :
» Le vrai bonheur, c'est d'être aimé. »

XLI

LE CONCIERGE ET LA SENTINELLE.

Un Ministre sortait un soir
De son hôtel en équipage.
Le soldat qui, suivant l'usage,
Se promenait sur le trottoir,

D'un œil admiratif suivait le personnage.
Le suisse, un vieux malin, philosophe et sournois,

En fermant sa porte cochère,
Du coin de l'œil guignait le militaire :
« Eh! eh! l'ami », dit-il à demi-voix,
« Vous l'avez vu, c'est le Patron, mon maître!

» Vous seriez fort aise, peut-être,

» Si l'on vous proposait d'échanger votre sort

» Contre le sien? Eh bien, vous auriez tort!

» Avant peu vous pouvez prétendre

» Aux sardines de caporal;

» De là vous passez général :

» La gloire est à qui veut la prendre.

» Vous, vous pouvez monter, lui ne peut que descendre.

» La voix du moindre Député

» Peut, dans quelque importante affaire,

» Déplacer la majorité,

» Et voilà mon Ministre à terre!

» En résumé, mon poste est meilleur que le sien;

» Je reste, moi, quoi qu'il advienne,

» Et mon plumeau tient plus ferme en ma main

» Que son portefeuille en la sienne. »

Ainsi parlait le vieux bavard.

Un employé du Ministère,

   Qui par là passait par hasard,
L'entendit; à son chef il raconta l'affaire.
Mon imbécile, impitoyablement chassé,
  Une heure après partait, le nez baissé,

  Et défilait, sans tambour ni trompette,
Devant la Sentinelle impassible et muette.

Bien fol est qui se croit certain
Du lendemain sur cette terre;
Petits ou grands sont des grains de poussière
Qu'un souffle emporte un beau matin.

XLII

L'ÉCLIPSE.

Un Rat noir avait épousé
Une petite Souris grise ;
Mais à plus d'une convoitise
Ce trésor était exposé.

Sans parler des piéges sans nombre,
Des assiettes de mort-aux-rats,

Et sans compter messieurs les Chats
Sournoisement tapis dans l'ombre,
Plus d'un Souriceau flagorneur,

La queue au vent, la patte agile,
Rôdait près de son domicile,

Au grand péril de son honneur.
Donc, avec plus de prévoyance
Que bien des maris d'aujourd'hui,
Il avait installé chez lui
Une bête de confiance :
Une vieille Chauve-Souris

Ridée et presque octogénaire,
Lorsqu'il sortait pour quelque affaire,
Gardait Madame en son logis.
Seulement, dès le crépuscule,

La duègne partait sans bruit,
Indiquant l'heure de la nuit
Comme aurait fait une pendule ;
Alors le maître vigilant
Rentrait ; la pauvrette cloîtrée
Souhaitait d'être délivrée
Par quelque chevalier errant.

Tout restait sourd à ses prières,
Quand survint un événement
Prévu par le monde savant,
Mais peu connu dans les gouttières :
Une éclipse, tout simplement.

Monsieur le Rat, sans défiance,
Était allé chercher pitance,
Ne pensant à rien de pareil
De la part de Maître Soleil.
La Chauve-Souris y fut prise.
Sa montre était chez l'horloger;
Or, voyant le jour se changer
En une pénombre indécise,
Elle prit son vol. Justement

Par là passait certain Léandre
A la voix douce, au regard tendre
Et prompt à saisir le moment.

Il fut pressant; notre recluse,
Qui ne songeait qu'à se sauver,
Se laissa bien vite enlever;

Qui n'eût fait comme elle l'accuse!
Bref, inquiet, le gros Rat noir
Chez lui revint à toute bride,
Mais trop tard : la cage était vide.

On ne sait jamais tout prévoir.

XLIII

LE SEMEUR.

Par un beau matin du printemps,
Deux jeunes tourtereaux — sans plumes
Se promenaient à travers champs ;
On aurait rempli des volumes

De leurs babillages charmants;
Ils s'en allaient sous les futaies,
Effarouchant les oisillons
Ou poursuivant, le long des haies,
Les lézards et les papillons;
Tout était bleu, tout était rose
Dans ces jeunes cœurs radieux;
Pour lui, pour elle, toute chose
Se résumait dans les seuls mots : Nous deux!

En cheminant, ils rencontrèrent
Un petit jeune homme affairé
Qui dans un champ bien labouré
Semait du grain; ils s'arrêtèrent

Et reconnurent à l'instant
L'Amour, car il avait ses ailes;
Ils s'approchèrent doucement
Pour voir de près ce dieu des cœurs fidèles :
« Monsieur », lui dit le jouvenceau,

Tenant à la main son chapeau
Et rougissant comme une pomme,

« Par la discrétion serait-il interdit
      » De demander comment on nomme
» Ce que vous semez là? » — L'Amour lui répondit :
     « Des rhumatismes, mon bonhomme. »

XLIV

LE TIGRE ET LE LÉOPARD.

Un Léopard un jour surprit
Dans la forêt une Gazelle ;
Tout naturellement il se jeta sur elle,
Et d'un coup de sa griffe à terre l'étendit.

Il commençait à manger sa capture
       Sans prendre soin de choisir ses morceaux,
Quand un Tigre Royal passa par aventure :
« Eh quoi! s'écria-t-il, immonde créature,
» Abusant lâchement de tes muscles brutaux,
» Tu n'as pas craint d'occir cette innocente bête! »
       Le Léopard à répliquer s'apprête;
Mais le Tigre à l'instant lui coupe le sifflet
              Tout net,
       ₊ Et, dans sa sommaire justice,
       Les croque tous les deux — d'office.

       On reconnaît les arguments
       Des Tigres et des Conquérants.

XLV

LA LOCOMOTIVE ET LA DILIGENCE.

« Te voilà, vieille paresseuse! »
Disait un jour, en persiflant,
La Locomotive orgueilleuse
A la Diligence poudreuse

Dans un coin rangée humblement.
« Au temps jadis tu fis merveille,
» Et les grelots de tes coursiers
» De loin résonnaient aux oreilles
» Des gens de pied et des rouliers.

» Par ta fanfare militaire
» Troublant le calme de la nuit,
» Dans un tourbillon de poussière
» Tu passais, roulant à grand bruit;
» Et, réveillés par ce tapage,
» Les bourgeois, en se rendormant,
» Rêvaient de quelque grand voyage
» Au chef-lieu du département.

» Fallait-il gravir une pente?

» Tes voyageurs, troupe indulgente,

» Suivaient l'attelage lassé;

» Et quelquefois, à la descente,

» Tu les versais dans un fossé.

» Aujourd'hui ta gloire est passée :

» Trois vieux chevaux agonisants
» Traînent ta caisse défoncée
» Où s'entassent les paysans;
» Avec un concert de ferrailles
» Tu vas où vont les antiquailles
» Les systèmes abandonnés,

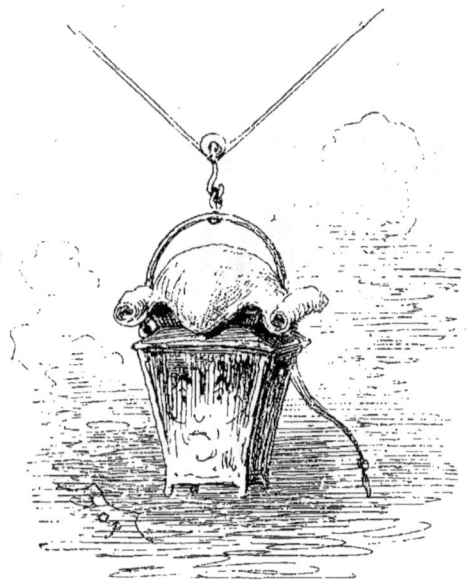

» Où sont allés les réverbères,
» Les perruques des vieux grands-pères
» Et les écussons blasonnés! »

Ayant ainsi parlé, la Machine insolente
Repart, jetant au vent sa vapeur haletante ;
Elle va, traversant les fertiles guérets,
Les paisibles vallons, les antiques forêts,
Ébranlant des vieux monts les entrailles de pierre
Et les sombres tunnels que son feu rouge éclaire,

Ou traversant d'un bond les ponts vertigineux
Que jette sur l'abîme un art audacieux.

Un caillou, placé sur sa route,
De ce parcours victorieux
Fit une effroyable déroute.
Dans un ravin, ouvert à leurs côtés,
Machine et gens furent jetés
Et culbutés.

Le voyageur, matière philosophe,
Fut de tout temps gibier de catastrophe :
Un grand nombre périt; les autres, écloppés,
S'en furent, trop heureux d'en être réchappés.
La Locomotive, hors d'usage,
Fut cassée à coups de marteaux,
Et l'on en vendit les morceaux
Aux chaudronniers du voisinage.

De ses succès nul ne doit être vain.

Bien souvent, dans l'humaine lutte,

Le vainqueur d'aujourd'hui sera vaincu demain :

L'orgueilleux qui fait la culbute

Ne trouve pas d'amis pour lui tendre la main.

XLVI

LA LUNE

Désirer l'impossible est une erreur commune
Chez notre folle humanité.

« Je veux qu'on me donne la lune! »
Criait un bébé fort gâté.

Sa petite maman, pour tout l'or de la terre,

    Aurait voulu le satisfaire;

La grand'mère faillit aller chez les marchands

Demander s'ils vendaient des — lunes — pour enfants :

Le père, qui survint, était un peu plus sage :

— « Viens avec moi, dit-il, je vais te la donner. »

    Sans en demander davantage,

Le petit se laissa tout de suite emmener.

Une montagne était voisine :
— « Viens, la lune est là-haut », dit le père. — On monta;
Au bout de quelque temps le marmot s'arrêta :

« Papa, c'est-il bien loin? — Oui, fort loin! » — On chemine.
— « Je suis bien fatigué, papa », reprend l'enfant.
— « Alors tu n'en veux plus? » — Un silence éloquent
Fut la seule réponse. On revint à la brune;

Mais à l'astre des nuits Bébé garda rancune
Et jamais plus n'en reparla.

Qui de nous n'a tenté d'aller chercher la lune
Et n'en est revenu comme ce petit-là?

XLVII

LE MOINEAU ET LE PROPRIÉTAIRE D'UN VERGER.

Un amateur avait dans son verger
    Un cerisier de la plus belle espèce;
Mais jamais à loisir il ne pouvait manger
De ses excellents fruits; une bande traîtresse

De Moineaux sans délicatesse
Se chargeait de le vendanger.
Notre homme, enfin pris de colère,
Eut la pensée, un beau matin,
D'envoyer garnison dans son quadrilatère :
C'est ce que, dès l'abord, eût fait un plus malin.
.Il mit donc un factionnaire.

C'était un grand gaillard à l'aspect truculent.
Orné d'un feutre et d'un panache ;

Une épaisse et noire moustache
Enchâssait son nez flamboyant;
Un vieux manteau de serge verte
Flottait au vent sur ses grands bras,
Et sa houppelande entr'ouverte
Laissait voir ses longs tibias.
C'était un mannequin de superbe tournure.

Un vieux Pierrot avait, par aventure,
Vu, du bord de son trou, guinder l'épouvantail;
Il connaissait déjà cet attirail,
Ayant fait de fort longs voyages

Et maintes fois déposé ses hommages
Sur le front des Héros ou sur le nez des Dieux;
Un mannequin pour lui n'était pas sérieux.

Vite il alla trouver les Moineaux, ses confrères :
« Fuyez, » leur cria-t-il, « un danger menaçant!
   » Dans ce jardin un terrible Géant
» Apprête contre nous les balles meurtrières
      » De son *Chassepot* foudroyant! »

Apercevant de loin la sentinelle,
   Des oisillons la ribambelle
   Prit sa volée à fond de train,
Laissant l'autre tout seul et maître du terrain.

Il s'en donna d'une belle manière !
Et sans façons plantant sa crémaillère
Dans le ventre crevé du bonhomme de bois,

Il croqua la récolte entière
A la barbe du bon bourgeois.

Chers habitants de la machine ronde,
Tant que le monde sera monde

Vous trouverez certaines gens d'esprit

Disposés à mettre à profit

L'innocence des imbéciles;

Il n'est, soit dit sans détours inutiles,

Que dupes et fripons dans la société :

Tâchons d'être du bon côté.

XLVIII

LES BONNES LANGUES.

C'était fête chez la Lionne :
Tous les notables Animaux
Feudataires de la couronne
Se coudoyaient dans les salons royaux.

On s'ennuyait, suivant l'usage;
Les saluts et les compliments
S'échangeaient en noble langage;
Chacun composait son visage
Pour étouffer ses bâillements.
La Souveraine, ainsi que le veut l'étiquette,
La première rentra dans son appartement,
Laissant chacun libre d'en faire autant.
L'Ane prit, le premier, la poudre d'escampette.

Lui parti, ce fut un concert
De quolibets sur sa personne :

Ce nigaud! ce balourd! cette tête bouffonne!

Comment Sa Majesté Lionne

Dans ses salons l'avait-elle souffert?

L'Éléphant en riait encore dans sa trompe

Sur les marches de l'escalier;

Pendant ce temps, en grande pompe,

Les bons petits amis dépouillaient son dossier.

Ainsi chacun, de bonne sorte,
Dès qu'il avait le dos tourné,
Du haut en bas était *déboulonné;*
A peine on attendait qu'il eût fermé la porte.

C'était fort mal, et — j'en rends grâce au ciel —
Chez les hommes jamais on ne voit rien de tel;
Mais les bêtes n'ont pas autant de politesse.

Cependant il se faisait tard :
Sept animaux pleins de scélératesse,

Un Serpent, une Hyène, un Vautour, un Renard,
Un Crocodile, un Tigre, un Léopard,

Étaient restés les derniers face à face.

Aucun d'entre eux ne semblait disposé

A quitter le premier la place,

Sachant fort bien à quoi cela l'eût exposé.

Enfin le plus malin, — on devine, je pense, —

Le Renard, se levant, leur dit : « Mes bons amis,

» A quoi bon cette défiance?

» Notre intérêt est de rester unis.

» Nous ne dirons jamais les uns des autres

» Autant de mal que nous en méritons;

» Ne nous mangeons donc pas entre nous, et partons

» Tous ensemble! » Les bons apôtres,

N'ayant rien à se reprocher,

Bras dessus bras dessous s'en furent se coucher.

On voit, contre le mal lorsqu'il faut se défendre,

Les braves gens tirer chacun de son côté;

Les coquins, eux, savent s'entendre :

Leur force est notre lâcheté.

XLIX

LE VIEUX GARÇON MARIÉ.

Un vieux Garçon, lassé de courir l'aventure,
En prenant femme, un beau matin,
Fit ce que l'on appelle — une fin.
Il avait choisi sa future

Assez laide, et quelque peu mûre,
Espérant éviter tout fâcheux accident
  A son front chauve et grisonnant.
  Il fut heureux comme tant d'autres;
Heureux... entendons-nous! On ne se battit pas,
  Mais l'amour ne vint point, hélas!
Au chevet des époux dire ses patenôtres.

Sans grand plaisir comme sans grand souci,
Les choses quelque temps cheminèrent ainsi.
  Or, il advint que, dans le voisinage,
Un couple jeune et beau, de plus fort amoureux,
Vint s'établir, après un récent mariage.

34

La dame les voyait, sous le discret feuillage
    D'un grand jardin mystérieux,
Ivres de solitude, oublieux de la terre,

S'égarer, épanchant leur âme tout entière
    Dans des regards silencieux.
    Jamais, dans son froid hyménée,
  Rien de pareil n'avait ému son cœur;
Elle resta rêveuse et comme illuminée
    Par ce rêve fascinateur.

Puis tout à coup elle devint coquette,
A la mode nouvelle arrangea ses cheveux,
Hanta les magasins fameux
Et prit souci de sa toilette;
Bref, à force de le vouloir,
Elle devint presque jolie.

Son mari, qui finit par s'en apercevoir,
En ricanant sur elle fit pleuvoir
Mainte épigramme peu polie.

Souvent les plus malins, quand ils étaient garçons,
Sont les plus maladroits dès qu'ils sont en ménage
Le fait est singulier, mais nous le connaissons.

Bref, un jour que, suivant l'usage,
Revenant de se promener,
Il rentrait au logis à l'heure du dîner,

Il y trouva, causant avec sa femme,
Un jeune homme charmant, un cousin, que Madame
Vint lui présenter tout d'abord;
Le nouveau venu lui plut fort,
Si fort qu'il l'invita, là, sans cérémonie,
A dîner en leur compagnie.

L'autre se fit prier, se laissa faire enfin.
Le mari, dont la cave était fort bien garnie,
Alla chercher son meilleur vin;

Tant et si bien qu'il ne put se défendre
D'en faire, en peu de temps, son ami le plus tendre,
    Et que, suivant d'inévitables lois,
        Il fut le plus heureux des trois.

    O bonnes gens qui vivez en ménage,
    Méditez bien ce sujet délicat :
    Il ne faut pas, dit un ancien adage,
    Traîner fétu sous le nez d'un vieux chat.

A Monsieur le Comte Emmanuel de Dax.

L

LA TAUPE ET LE LÉZARD.

Une Taupe, sortant de terre,
Aperçut, en clignant des yeux,
Un Lézard qui semblait parfaitement heureux
De se chauffer au soleil sans rien faire.

« Regardez-le donc, sur son mur »,
Cria-t-elle aigrement, « se roulant dans sa graisse!
» Tandis que je poursuis sans cesse
» Dans mes noirs souterrains le labeur le plus dur,
» Lorsque, mineur infatigable,
» Je dois percer, sous la terre et le sable,
» Des chemins que jamais n'éclairera le jour,

» Quand, dans cet humide séjour,
» Il me faut craindre encor la bêche menaçante
» Du jardinier, ou par sa main méchante
» Le piége ouvert devant mes pas,
» Celui-là, mollement étendu sur sa pierre,
» N'a d'autre souci que de faire
» Doucement ses quatre repas!

» Et voilà cet oisif, ce rentier, qui s'engraisse

    » Pendant que, suant sang et eau,

    » Le peuple porte le fardeau

    » Rendu plus lourd par sa paresse!

  » Un dernier mot vous peindra sa bassesse :

    » Notre plus mortel ennemi,

    » L'Homme, l'appelle — son ami! »

    A cette apostrophe sévère

    Le Lézard tourna vers la terre

Son petit œil rempli de malice et d'esprit :

    « Mon Dieu! qu'est-ce qui vous a pris »,

    Répondit-il, « ma chère Demoiselle?

    » Pour moi vous êtes bien cruelle!

    » Vous semblez, si j'ai bien compris,

    » Considérer avec envie

    » Ma paisible et modeste vie;

    » Eh bien, venez la partager!

    » Nous trouverons à vous loger

  » Sous l'humble toit que m'a légué mon père ;

» Je vous présenterai mes enfants et leur mère,

    » Et nous irons, chacun à notre tour,

    » Chasser pour les besoins du jour.

» Allons, montez céans! » — « Vous me la baillez belle »,

Lui répliqua la péronnelle;

« Nenni, nenni, je ne sais pas grimper;

» Là-haut je pourrais attraper

» Quelque coup de soleil sur ma pauvre cervelle;

» Et puis je paraîtrais trop laide auprès de vous,

» Mon beau Monsieur!—Ma foi, pour parler entre nous »,

Dit le Lézard, « je crois, ma mie,

» Que vous avez très-fort raison :

» Rien n'enlaidit comme l'envie. »

LI

LE CUL-DE-JATTE.

Au précédent récit l'anecdote suivante
Peut servir de moralité.
Un jour un homme était monté
Sur une échelle vacillante,

Pour récolter du raisin mûr;
Un Cul-de-jatte, au bas du mur,
Aigri par la rage impuissante
De ne pouvoir en faire autant,
Poussa l'échelle méchamment;
L'autre tomba, mais sur l'échine
Du Cul-de-jatte, que dûment
Il envoya chez Proserpine.

LII

L'ART D'ÊTRE HEUREUX.

Un homme acquit par héritage
Deux jolis arpents de terrain.
Il réfléchit, en homme sage,
Et se demanda le moyen

D'en faire le meilleur usage :

« Chacun sait qu'un bon métayer

» Ne met pas tous ses œufs dans le même panier »,

Se dit-il; « agissons de même! »

Or, voici quel fut son système :

Le premier des deux champs dans le fond du vallon

S'étendait, ombragé par une haute ligne

De peupliers; notre colon

En fit un pré, puis il mit de la vigne

Dans le second, qui, sans ombre et sans eau,

Se chauffait au levant sur le flanc du coteau.

De la sorte il avait toujours le cœur en joie

Et se tenait pour satisfait,

Quelque temps que le ciel envoie.

Si pendant longtemps il pleuvait,

Il allait voir pousser son foin dans la prairie;

Vienne la sécheresse après les jours de pluie,

Il regardait sur le coteau
Se préparer le vin nouveau.

Imitons, s'il se peut, cette philosophie,
Et pénétrons-nous bien de cette vérité
Qu'il n'est rien, ici-bas, qui n'ait son bon côté.

Au Colonel E. Duhousset.

LIII

LES BONS PETITS CAMARADES.

Un Minet, un Lapin avec un petit Chien,
Dans le même logis élevés dès l'enfance,
Partageaient le pain quotidien
Et les douceurs de l'existence.

Le Ciel les avait tous les trois
Créés d'une blancheur sans tache,
Et quand ils allaient à la fois
Sur le gazon jouer à cache-cache,
Ils attiraient tous les regards;
On admirait leur gentillesse extrême;
On eût dit trois gouttes de crème
Sur un large plat d'épinards.
Le Lapin, assez froid — au moins de caractère —
Était l'enfant gâté de ses deux compagnons;
Mais, bien que le comblant tous deux d'attentions,
Chacun l'aimait à sa manière.

Dans leurs débats et dans leurs jeux
Le Chien avait toujours le mauvais rôle;

On lui sautait sur les épaules,

On le roulait à qui mieux mieux;

Mangeait-on du poulet, on lui laissait les pattes.

Toutes les missions ingrates

Étaient son lot; lui se trouvait content

De se sacrifier pour ceux qu'il aimait tant.

Par sa souplesse et ses gambades

Le Chat savait fort à propos

Se retirer des bousculades,

Et pour un petit coup il en rendait deux gros.

Avec maître Lapin, objet de sa tendresse,

Il partageait les morceaux les meilleurs,

Mais ne se privait pas de lui lâcher d'ailleurs

Un coup de griffe en façon de caresse.

36

Il ne se passait pas de jour
Qu'il ne jouât quelque bon tour
A qui des deux voulait le croire ;
Et lorsque l'autre se fâchait,
Monsieur Minet riait, riait
A se décrocher la mâchoire.

Un matin que paisiblement
Ils circulaient dans leur petit domaine,
Le Chien de basse-cour, que malheureusement
On avait négligé de remettre à la chaîne,

Sur le Lapin se jeta brusquement ;
Brave, malgré sa petitesse,

Le petit Chien vole au secours
De son compagnon en détresse;
Le pauvret paya de ses jours
Sa généreuse hardiesse,
Mais son compagnon fut sauvé.
Quant à monsieur le Chat, il avait dare-dare
Grimpé sur un arbre élevé
Dès le début de la bagarre,
Laissant les autres s'en tirer
Comme ils pourraient.
                    Hélas! il est peu de Pylades!
Le monde est plein de fausses embrassades;
Surveillons notre cœur, et sachons séparer
Les vrais amis des petits camarades.

A Monsieur le Docteur Aimé Martin.

LIV

LE SOURD.

Un paysan des environs de Rome
Était devenu sourd — c'était au temps ancien.
Il vit un médecin, soi-disant habile homme,
Qui le drogua, lui prit une assez grosse somme,

Et, naturellement, ne lui fit aucun bien.
    Quelqu'un lui dit : Consultez les Sibylles!
    — Nos somnambules, on le voit, ne sont
        Que de simples contrefaçons
        Dupant les mêmes imbéciles.

Dans leur antre on lui fit un philtre merveilleux;
Il paya, s'en servit, mais n'entendit pas mieux.

Il existait alors à Rome un sanctuaire
      Par cent miracles consacré;
      Jupiter, maître du tonnerre,
Était de ce saint lieu le patron vénéré.
      Notre homme y fit une neuvaine;
Le Dieu, qui par hasard était de bonne humeur,
Répara son tympan et le tira de peine
      Sans ordonnance et sans douleur.

Le rustre ne pouvait en croire ses oreilles.
Le voilà, tout joyeux, explorant les merveilles
De la cité bruyante; il vit les tribunaux,
Au théâtre entendit les ouvrages nouveaux,

Fréquenta le Forum, et suivit les séances
    Où les gens érudits, donneurs de conférences,

Se font applaudir des badauds.
Un huissier du Sénat, au fait de son histoire,
Lui proposa d'entrer dans l'auguste prétoire;
L'autre accepta bien vite, et s'assit dans un coin.
　　Son protecteur l'observait avec soin,
Comptant bien savourer ses naïves surprises;
Il l'écoute, et soudain surprend cet aparté :
« O Jupin », disait-il, « rends-moi ma surdité!
　　» J'entends vraiment trop de sottises　»

　　Amis lecteurs, pas de méprises :
Ce n'est pas d'aujourd'hui que ce conte est daté.

LV

LA CARPE.

Une Carpe, un beau jour, fut prise à l'hameçon ;
Elle se débattit de si belle façon
 Qu'elle rompit la ligne meurtrière
 Et prit la fuite au fond de la rivière ;

Le pêcheur, lui, resta bête comme un poisson.
        Donc ma Carpe s'était sauvée,
        Emportant dans sa vie privée
L'hameçon et son fil à son nez accrochés;
Très-émue, elle alla relancer dans sa grotte
Une vieille Écrevisse instruite, fort dévote,
Et sachant, disait-on, mille secrets cachés
Pour les maux d'aventure et les nez écorchés.

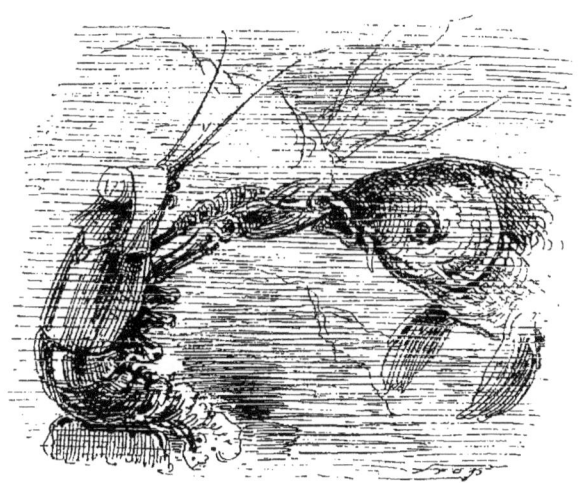

        En effet, d'une pince habile
        Retirant la pointe subtile,
Celle-ci la guérit et lui fit, par-dessus,
        Un petit prêche à domicile
Sur les dangers du monde et ses plaisirs déçus.

37

A partir de ce jour, au fond de la rivière,
Notre Carpe devint sa propre prisonnière;
Dans un creux, ignoré des vulgaires poissons,
Elle se retira, tremblante et solitaire,
    Dans la terreur des hameçons.
    La peur est une maladie.
   Voyant partout embûche ou perfidie,
    Et n'osant presque plus manger,
Elle finit ainsi sa misérable vie.

L'excès de la prudence est parfois un danger.

LVI

LA PROVIDENCE.

Il était autrefois, au pays de Turquie,
    Un meunier qui, soir et matin,
Importunait Allah, réclamant de la pluie
    Pour faire tourner son moulin.

En face demeurait le maître d'un jardin
     Planté de figuiers, et sans cesse
   Il demandait qu'Allah, dans sa sagesse,
Envoyât du soleil pour faire prospérer
     Les fruits nombreux de son verger.

Mais, tandis que nos gens chantaient leurs patenôtres,
     De leurs besoins le Ciel peu soucieux,
        Tour à tour serein ou brumeux,
        Ne contentait ni l'un ni l'autre.
        Eux alors de se lamenter :
   « A quoi sert de prier, si jusqu'à ton oreille
        » Ma voix, Allah, ne peut monter? »
Disait l'un. — « Peut-on voir injustice pareille! »
Disait l'autre; « le Ciel a décidé ma mort! »
        C'était à qui crierait plus fort.
Un Derviche entendit leurs plaintes misérables :
   « En vérité », dit-il, « je vous trouve admirables!
   » Ainsi, pour exaucer votre simple désir,
   » Le Maître de Là-Haut troublerait à plaisir
   » La marche des saisons et leur ordre immuable!
   » S'il fallait accorder les choses d'ici-bas
   » A ce que vous voulez ou bien ne voulez pas,
        » Les plus savants se donneraient au diable! »

L'homme en tous les pays est le même animal :

    Lorsque chez lui quelque chose va mal,

        Il s'en prend à la Providence

Au lieu de confesser, par un aveu loyal,

        Sa sottise ou son ignorance;

La colère du Ciel vient là fort à propos,

        Et la Providence a bon dos.

LVII

LE SECRET DU MÉTIER.

A la fête de Bougival
Un Magicien à barbe noire
Interpellait ainsi son auditoire :
« Messieurs, je n'ai pas de rival

» Pour deviner le caractère

» De qui voudra, civil ou militaire;

» Passé, présent, futur, pour moi pas de mystère,

» Et je défie, à pied comme à cheval,

» Les plus grands sorciers de la terre! »

Badauds d'entrer chez lui; muni d'un porte-voix,

Un hibou pour tout accessoire,

Il allait, prédisant, au choix,

L'amour, la fortune ou la gloire,

Souvent même tout à la fois.

Aux amoureux il parlait d'espérance,

Aux vieillards du temps qui n'est plus,

De la payse aux pantalons garance,

Aux laboureurs de leurs écus;

Aux dames il savait complaire
En disant du mal des maris,
Et parlait d'un millionnaire
Aux demoiselles de Paris.

C'était, vous le voyez, un physionomiste.
Un jour pourtant, surpris à l'improviste
Par un Monsieur peu caractérisé,
Il resta court. « Que le diable t'emporte »,
Dit l'inconnu, « sorcier malavisé ! »
L'autre, éclairé soudain, lui parla de la sorte :
« Votre bon caractère étonne l'univers,
» Et votre douceur est exquise ;
» Mais il ne faut pas qu'on s'avise·
» De vous regarder de travers !

— « Ma foi », dit le quidam, « c'est une chose étrange,
    » Et cet homme est vraiment sorcier
» Pour m'avoir d'un seul mot si bien peint tout entier! »

Il faut gratter les gens où cela leur démange :
    Voilà le secret du métier.

LVIII

L'ESCARGOT VOYAGEUR.

Un Escargot était l'hôte d'un potager.
    Portant sur lui sa maisonnette,
Il vivait sans soucis, sans impôts, sans loyer,
Enfin — ce qu'envierait plus d'un bourgeois honnête —

Sans avoir besoin de portier.

Rien ne troubla cette innocente vie

Jusqu'au jour où lui vint l'envie

De voir le monde! Heureux qui, sans plus s'agiter,

Dans sa coquille aime à rester!

Mais dans notre Escargot bouillait l'ardeur fébrile

Du voyage; on le vit bientôt, d'un pas agile,

Se diriger vers un grand peuplier

Qu'il avait vu, du haut d'un espalier,

Tout auprès de son domicile.

Comme il allait y monter sans façon,

Il entendit une vieille Limace
Lui crier : « Où vas-tu? Ce chemin, mon garçon,
» N'est pas fait pour un Limaçon. »

Mais il se mit à rire et lui fit la grimace.
Puis il monta, monta, monta
Sans relâche, et ne s'arrêta
Que lorsqu'il fut au faîte, auprès des hirondelles.

Alors que de choses nouvelles !

D'un seul coup d'œil il aperçut un pré,

Deux moulins, un étang, cent arbres, un curé,

L'église, et pour le moins vingt maisons à la ronde.

Il eut idée, enfin, de la grandeur du monde !

En ce moment, de l'horizon

S'avançait, dans un gros nuage,

L'orage.

Tous les oiseaux du voisinage
Disparurent, chacun regagnant sa maison.
　　Notre pauvret se hâta de descendre;
　　Mais, avant le quart du chemin,
La foudre, en longs éclats, tout près se fit entendre,
Et le vent, emportant l'imprudent pèlerin,
Par un saut périlleux termina son destin.

　　Dans ce temps fertile en tempête
　　Chacun peut craindre un pareil saut;
　　De peur de vous rompre la tête,
　　Bonnes gens, n'allez pas trop haut.

LIX

LE BALLON.

Un garçonnet reçut, pour avoir été sage,
Un petit ballon rouge ; aussitôt, tout joyeux,
Il courut le montrer aux enfants de son âge
    Dont chaque jour il partageait les jeux.

Au bout d'un fil la sphère transparente
　　Se balançait légèrement,
　　Montant, descendant, tournoyant;
　　Notre marmot, bouche béante,
　La contemplait avec ravissement.

　Un méchant petit camarade
(Car il est des méchants) soudain vint en sournois
　Faire au ballon ce qu'autrefois

Fit à son chien le bel Alcibiade;
　　Aussitôt le léger captif
Par-dessus les maisons se perdit dans l'espace;
L'enfant cria, pleura; mais, hélas! quoi qu'il fasse,
　　Il ne revit jamais le fugitif.

De nos illusions c'est l'image fidèle :
　　Nous les plaçons le plus souvent
　　Dans quelque jouet décevant
　　　　Gonflé de vent;
La réalité vient et coupe la ficelle.

LX

LA CIGOGNE ET LE MAITRE DES DIEUX.

Dame Cigogne, un jour, disait en maugréant :
« Jupiter a parfois de sottes fantaisies
» Et fait contre le goût d'étranges hérésies !
    » J'en suis un exemple vivant.

» D'abord il m'a donné des pattes

» Avec mon corps tout à fait disparates;

» Elles sont bien trop longues de moitié·

» Et maigres à faire pitié!

» Je me demande à quoi ces échasses sont bonnes!

·» De mes mollets, en vérité,

» Il ne m'est pas permis de tirer vanité

» Comme font certaines personnes.

» Et mon bec! Croyez-vous qu'il soit bien amusant

» D'avoir un nez en façon de... canule?

» Cet appendice déplaisant

  » Est le comble du ridicule! »

Jupiter l'entendit : « Viens donc un peu vers moi »,

  Lui cria-t-il du haut de son Olympe.

L'autre, sans hésiter, jusqu'aux nuages grimpe,

Monte les escaliers, et devant le Dieu-Roi

  Résolûment se plante et se tient coi.

  Cette audace eut le don de plaire

    Au puissant Maître du tonnerre :

« Écoute », lui dit-il, « Cigogne, mon amour;

» Je pourrais te jouer un tour
 » En te taillant sur le modèle
 » Que tout bas ton désir appelle;
» Mais non! je suis bon prince, et veux, sans te punir,
   » Te rendre sage à l'avenir. »
   Disant cela, Jupiter tonne :

« Holà, Mercure! Qu'on me donne
» Tout ce qu'il faut pour travailler. »

Il commence alors à tailler
Avec l'aplomb qui naît de l'habitude
Une Cigogne, en façon de prélude ;
Puis rognant d'un coup de ciseau
Pattes et bec à son oiseau,
Il l'anime d'un souffle et dit : « Je te fais Oie !
» Eh bien », dit-il à la plaignante, en proie
A la plus complète stupeur,
« Faut-il t'en faire autant ? — Autant ? Ah ! quelle horreur !
» Moi, ressembler à cette créature !
» Mais voyez donc cette tournure,
» Ces pieds épais, ce nez camard !
» Ah, non ! je vous le dis sans fard :
» Je suis encor cent fois mieux qu'elle !
» — C'est fort bien », dit le Dieu, « n'en parlons plus, ma belle,
» La chose est entre nous ; et l'on n'en saura rien ;
» Mais tâche de loger ceci dans ta cervelle :
» C'est que le mieux est l'ennemi du bien. »

LXI

LE COQ, LA POULE ET L'AUTOUR.

Un Coq, au milieu de ses poules,
La crête rouge et l'œil vainqueur,
Semblait un Roi qui livre sa grandeur
A l'admiration des foules.

Debout et fier sur son fumier,
Comme un héros sur sa colonne,
Il chantait d'un accent guerrier;
On eût dit Ajax en personne.
Tout à coup parut un Autour

A l'horizon; la basse-cour
Fut remplie aussitôt d'un tumulte effroyable;
Chacun de se cacher, chose bien pardonnable
Aux Poules, sexe faible, aux timides Canards;

Mais que vit-on, au milieu des fuyards?
Mon Coq, courant à toutes pattes,
Et qui, pour arriver plus vite aux casemates,
Passait sur le dos des traînards!

Une Poule, autour d'elle assemblant sa couvée
Qui sous son aile soulevée
Vite avait couru se ranger,
Seule restait en face du danger.

40

L'oiseau cruel descendait en spirale,

Battant les airs de son aile brutale ;

Le voilà ! Sur sa proie il fond comme un éclair :

Mais la Poule, le bec en l'air,

L'œil en feu, accroupie, hérissée et terrible,

L'attend ! Déconcerté d'une façon visible,

L'Autour passe, revient et cherche à l'effrayer

Par ses cris menaçants ; puis sur un gros noyer,

Qui dans la cour étalait sa verdure,

Va se poster, surpris de l'aventure.

Cependant le fermier, attiré par le bruit,
　　Sur son perchoir aperçut le bandit
　　　　Qui, là-haut, jurait en sourdine,
　　Et, saisissant sa vieille carabine,
D'un coup bien ajusté par terre l'étendit.

　　　　Je suis convaincu qu'il n'est guères
　　D'hommes manquant absolument de cœur ;
　　　　Beaucoup sont braves par honneur,
Ceux-ci par caractère, aucuns même par peur ;
Mais le grand héroïsme est dans le cœur des mères.

A Monsieur Paul Regnault.

LXII

IL NE FAUT PAS DIRE : *FONTAINE.*

Il était une fois un garçon fort honnête
Pour qui le célibat était rempli d'appas,
Et qui ne pouvait pas se mettre dans la tête
Qu'un homme sain d'esprit osât sauter le pas :

— C'est ainsi que, dans son langage,
Il appelait le mariage. —
Il avait sur ce point des principes savants
Et connaissait, s'il eût fallu l'en croire,
L'habituelle et lamentable histoire
De plus de cent époux tant défunts que vivants.
Quel feu roulant de mots et d'épigrammes
Sur les maris ainsi que sur leurs femmes !
Son esprit malin et pointu
S'en donnait sur ce thème à bouche que veux-tu.
Les mamans possédant des filles

Étaient, on peut bien le penser,
L'objet de sa terreur ; il n'osait pas danser

De crainte qu'entre deux quadrilles
L'inexorable Hymen ne le vînt enlacer.
Comme il avait peur de lui-même,
Il veillait sur son cœur avec un soin extrême,
N'ignorant pas que, par plus d'un détour,

Un jeune citoyen que l'on nomme l'Amour
Peut vous faire arriver devant Monsieur le Maire;
Bref, pour entrer dans pareille galère,
Il fallait être, selon lui,
Abandonné du ciel et de la terre;
Plutôt que de se laisser faire,
Au bout du monde il aurait fui.

Deux beaux yeux, sans plus d'artifice,

Jetèrent bas son édifice;
Mon homme dut, en moins de quinze jours,
— Sauter le pas — comme un novice,

Sans trompettes ni tambours.
Fort peu de temps après — la catastrophe —
Un de ses amis l'aborda
Par cette cruelle apostrophe :

Eh quoi! ce serait toi! oui-da!
Toi marié! J'ose à peine le croire!
Le *conjungo*, si j'ai bonne mémoire,
Était pourtant l'objet de ton mépris;
Et maintenant te voilà pris!
Tu n'auras pas mûri, la chose est bien certaine,
Ce vieux dicton dans ton cerveau :
Ne crachez pas dans la fontaine,
Car vous pourrez en boire l'eau.
— Mon cher, lui répondit l'ancien célibataire,
Ton proverbe est joli, mais je n'en ai que faire;
Ici que parles-tu d'eau claire?
Apprends que les époux heureux
Boivent, ainsi que font les Dieux,
Du Nectar à leur ordinaire.

LXIII

LE PETIT POISSON ROUGE
QUI MARCHE A RECULONS.

Un pêcheur, au bord d'un ruisseau,
Tenait par la taille, — oh! sans que l'on en rougisse
Je puis le dire, — une belle Écrevisse
Qu'il venait de prendre au cerceau.

41

« Ah! disait-il, l'étrange bête!
» Quand tous les animaux, l'espèce humaine en tête,
        » Ont leur squelette dans le corps,
        » Celui-ci le porte au dehors!
        » Et, pour comble de ridicule,
        » Au lieu d'avancer, il recule! »

        — « Excusez, monsieur le pêcheur »,
    Lui répondit doucement l'Écrevisse;
« Vous vous faites l'écho d'une vulgaire erreur
        » Digne de feu monsieur de La Palice,
» Et dont rit de bon cœur le monde des poissons :
» Nous ne reculons pas... lorsque nous avançons!
» Après tout, reculer, est-ce chose si folle
» Dont la gent crustacée ait le seul monopole?
        » En affaire, en guerre, en amour,
» Chez vous, la reculade est à l'ordre du jour.
» Pour l'orateur vaincu, c'est, je crois, *s'interrompre;*
        » Pour les poltrons, c'est *se montrer prudent;*
        » Chez Gâtechair cela s'appelle : *rompre;*
        » Les amoureux *se rendent leurs serments.*
        » En politique même affaire :
        » Qu'un ministère ballotté
        » Fasse un pas d'un certain côté,

» Il en fera demain, s'il peut, deux en arrière.

» Enfin, pour vous prouver par des faits éclatants

» Qu'il est bon de savoir se retirer à temps,

» Je vous quitte! » A ces mots brusquement elle frappe

    De sa queue aux rudes anneaux

Les doigts du bon pêcheur, qui la lâche; elle échappe,

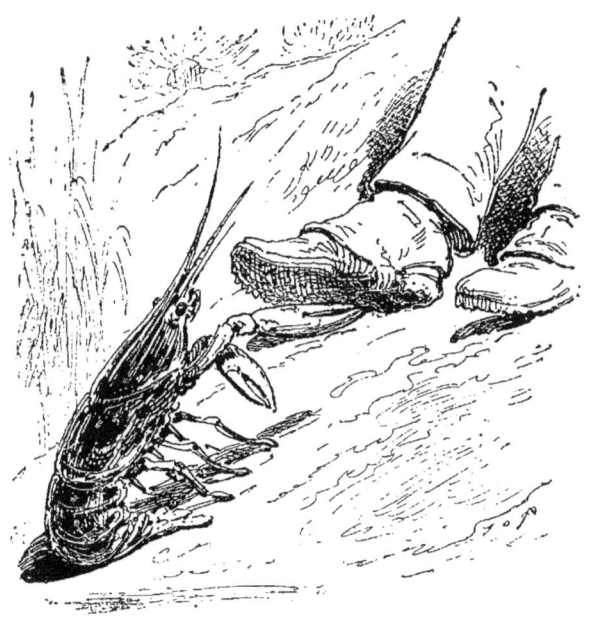

Et sur le vert talus qu'abritent les roseaux

    Glissant, la croupe la première,

    Va se plonger dans la rivière.

La moralité n'est pas loin;
De la trouver, lecteur, je te laisse le soin.

LXIV

LE VEUF AVISÉ.

Un Grec avait perdu sa femme; je conviens
Que cela n'était pas une bien grosse affaire,
En ce temps-là, du moins, si les historiens
    Nous ont, d'une façon sincère,

Éclairés sur cette matière.
Mon homme, cependant, bien loin de l'oublier,
S'en alla chez un marbrier
Commander une tombe, avec une épitaphe
Qu'il lui dicta sur un papier,
Et dont il corrigea lui-même l'orthographe.
Ce soin touchant fit bruit dans son quartier.
Un de ses vieux amis d'enfance,
Près de chez lui passant par occurrence,
Vint, un matin, lui demander
A déjeuner.

Pour se distraire, après la poire et le fromage,
On alla visiter le pieux monument

De la défunte ; avec un peu d'étonnement
L'ami lut son éloge, et le long étalage
De ses vertus. — « Eh mais, il me semblait pourtant,
    Observa-t-il, que ton épouse
Était méchante? — Hélas! — Et quelque peu jalouse?
— C'est vrai! — Bavarde? — Oh oui! — Coquette? — A l'avenant!
Mais en la regrettant, reprit le bon apôtre,
    J'en trouverai plus aisément une autre. »

    Quand nous voyons exalter les vertus
        De ceux qui dorment sous la terre,
        C'est que souvent ça fait l'affaire
        De ceux qui sont restés dessus.

LXV

LE CHAMEAU MÉLANCOLIQUE.

Un Chameau du Jardin d'acclimatation
    Avait la nostalgie ;
Il était plein de résignation,
    Prêtant sans protestation

Ses bosses à la fantaisie
Des voyageurs d'occasion;
Mais sous ce calme débonnaire
Un observateur attentif
Eût vu, dans son regard pensif,
Une mélancolie amère.
Un vieil Éléphant se trouvait
    Son voisin d'écurie;

Le bon pachyderme éprouvait
Pour cet enfant de l'Arabie
Une secrète sympathie :

12

« Voyons », lui dit-il un beau soir,

« Pourquoi voir ainsi tout en noir ?

» Dans ce doux et riant asile

» N'es-tu pas heureux et tranquille ? »

— « J'ai froid ! » dit le bossu. — « Les climats tempérés »,

Reprit le brave proboscide,

« Ne sont pas, j'en conviens, très-bien équilibrés ;

» L'atmosphère en est fort humide

» Et les horizons peu dorés ;

» Mais songe donc à la chaleur brûlante

» Du désert, à la soif ardente,

» Aux longs trajets avec de lourds fardeaux

» Dans ces sables en feu qu'ont jonchés de leurs os

» Tant de tes compagnons, et d'un maître colère

» Les mauvais traitements joints à cette misère ! »

— « Ami », dit le Chameau, « tu me veux soulager ;

» Mais n'insiste pas, je t'en prie :

» Mieux vaut souffrir dans sa patrie

» Que de dormir en paix sous le ciel étranger. »

A Monsieur Alexandre Roux.

LXVI

L'OURS ET LE NOTAIRE.

Un beau jour un brave Notaire
S'en revenait paisiblement
Après avoir réglé je ne sais quelle affaire
Au chef-lieu du département.

Il avait sa demeure en certain gros village,
    Et, comme il était bon marcheur,
    Il retournait, à la fraîcheur,
    Souper dans son petit ménage.
Mais voilà qu'en passant à travers un grand bois
    Où geais et coucous à la fois
    S'égosillaient sous le feuillage,
    Il entendit à leur ramage
    Se mêler une étrange voix :
C'était celle d'un Ours échappé de la foire
Et qui, de l'appétit sentant les aiguillons,
S'était dit : « Voyons donc si les tabellions
    » Sont aussi durs qu'on veut le faire croire. »
    Celui-ci, fort épouvanté
    De cette rencontre insolite,

    Ne se crut pas dans la nécessité
    De faire de la dignité
    Et, sans hésiter, prit la fuite.

Le Mal-léché se mit à sa poursuite.

    Sur ses talons l'infortuné

Sentait déjà l'animal acharné

    Grognant d'une horrible manière,

Quand son chapeau roula dans la poussière;

    L'Ours s'arrêta, flaira l'objet,

    Puis, d'une patte dédaigneuse,

    L'envoya faire un ricochet

    Dans un fossé plein d'eau bourbeuse.

    Mon Notaire, pendant ce temps,

    Avait repris un peu d'avance;

Sentant alors tout le prix des instants,

Il lui jeta, pour faire divergence,

    Sa canne, ses gants, son mouchoir,

Son dossier, sa cravate, enfin son habit noir.

Ce dernier quelque temps sut arrêter la bête.

    Elle s'approcha prudemment

    De cette nouvelle conquête,

La prit, la retourna, puis enfin, comprenant
Qu'elle ne cachait pas le plus petit notaire,
Elle en fit des lambeaux pour passer sa colère.

Restait encor le pantalon :
Son malheureux propriétaire
De grand cœur eût franchi ce dernier échelon
Pour sauver le fils de sa mère;
Mais épuisé, ne pouvant plus courir,
Au bord du chemin, hors d'haleine,
Il se préparait à mourir,
Lorsqu'une intuition soudaine
Vint à propos le secourir.
Dans sa poche sa main trouva sa tabatière;
Il l'ouvrit, attendit le monstre furieux,

Et, quand il fut tout près, lui jeta dans les yeux
  Sa nouvelle poudre de guerre.
  Ce fut comme un coup de tonnerre!
L'Ours aveugle, affolé, grinçant et furieux,

Pirouetta, bondit et se roula par terre
  Avec des hurlements affreux,
 Mais pour longtemps impuissant à mal faire.
  Pendant ce temps l'autre put se sauver
Et rentrer au logis sans autres anicroches.

  Ayez toujours du tabac dans vos poches;
  On ne sait pas ce qui peut arriver.

LXVII

LE ROYAUME DES SINGES.

Sous le gouvernement de Chimpanzé vingt-deux
Le peuple Singe était heureux.
Un Macaque savant et plein d'expérience
Du vieux Monarque avait la confiance :

Ministre, médecin, secrétaire et valet,

    A lui seul il représentait

    Les Chambres et le Cabinet.

Nous sommes tous mortels. Un jour, sans crier gare,

    Le bon Roi mourut d'un catarrhe,

    Ne laissant aucun héritier.

    En Singe qui sait son métier

Et de peur d'agiter l'opinion publique,

Le Ministre avait fait acte de politique

En ne dévoilant pas l'état du Souverain;

    Lui mort, il s'avisa soudain

    D'un projet machiavélique.

Par des événements trop longs à raconter

Notre Singe, au pouvoir avant de s'implanter,

Avait été trois ans le compagnon fidèle

D'un savant Professeur d'Histoire naturelle

    Fort renommé dans les États-Unis;

De physiologie il avait un vernis.

Or, voici ce qu'il fit : Il prit la peau royale

Du défunt, l'empailla; puis, sans bruit ni scandale,

L'installa sur le trône où les Rois Chimpanzés

    De père en fils s'étaient posés.

Cela fait, tout reprit la marche accoutumée.

La porte du palais, aux profanes fermée,
S'ouvrait pour les grands jours; le public enchanté
Contemplait, d'un peu loin, le faux Prince, planté
     Sur son centre de gravité.

Mais il n'est si beau rêve, hélas! qui ne finisse.
Je ne sais quel hasard renversa l'édifice
Et trahit tout : pensez quel bruit dans Landerneau!
Exaspéré d'avoir donné dans le panneau,
     Le peuple fit des barricades.
   Son Excellence, au milieu des bourrades,
Demanda la parole et leur dit : « Citoyens,
» De quoi m'accusez-vous? Quels que soient les moyens,
» Le but les justifie! Entre mes mains fidèles
» Moins bien qu'auparavant les choses marchaient-elles?
    » Étiez-vous moins bien gouvernés?
    » Nullement, vous en convenez!

» Eh bien, alors, qu'importe l'étiquette?

» Puisque la République est faite,

» Conservons-la! Mieux vaut, dans certains cas,

» Un bon *tiens* que deux *tu l'auras!* »

Les Magots, tout surpris de ce nouveau langage,

Ne purent s'empêcher de le trouver fort sage;

On fit la paix : grands et petits,

D'un bout à l'autre du pays

Émus d'un feu patriotique,

Se mirent à crier : « Vive la République! »

On but pas mal, à la santé

Du peuple et de la liberté!

Or il survient, quand on se grise,

Presque toujours quelque sottise :

Une douzaine de vauriens

Pilla cinq ou six magasins;

Les bons conservateurs, tremblants dans leurs culottes,

Coururent se cacher dans le fond de leurs grottes,

Abandonnant la place au flot tumultueux.

Le Macaque, ahuri, s'arrachait les cheveux;

Mais il n'y pouvait rien! Dans cet instant critique,
Un Gorille géant, brandissant une trique,
Tomba comme la foudre, et, tapant dans le tas,

Rétablit l'ordre à tour de bras;
Puis, prenant la couronne, il la mit sur sa tête
Et se proclama Roi des Singes...

Je m'arrête.

Il est des esprits de travers
Qui voudraient trouver dans ces vers
Quelque allusion politique :
Il est temps de fermer boutique!

TABLE

PARIS. TYPOGRAPHIE DE E. PLON ET Cie, RUE GARANCIÈRE, 8.

www.ingramcontent.com/pod-product-compliance
Lightning Source LLC
Chambersburg PA
CBHW070328030726
47505CB00004B/1131